山の郵便配達

彭《ポン》見《チエン》明《ミン》
大木　康 訳

集英社文庫

本書は二〇〇一年三月、集英社より単行本として刊行されました。

山の郵便配達

扉挿画　はらだ たけひで

扉デザイン　菊地信義

山の郵便配達

父が息子に言った。

「さあ行こう。もう時間だ」

空はまだ暗い。山も、家も、川も、田畑も、すっかり靄《もや》につつまれていた。鳥たちも目を覚まさず、鶏も鳴かない。早い。まだとても早い。が、父は息子に「時間だ」と告げた。

父は息子の大きな顔をしげしげ見つめながら、思った。おまえは後悔しないだろうな? こんな早起きが二日や三日のことではない、いつまでも続くのだ!

テーブルの上には、すっかり準備の整った二つの郵便袋が置かれていた。袋はすでに古ぼけていた。きれいに洗ったその袋を、父はおごそかに息子に手渡した。それから郵便物はどんなふうに仕分けして袋に詰めたらよいか、どんなふうに防水布に包んだらよいかを教えたのだった。山の中は霧が濃く、郵便物はすぐに濡れてしまう。

父は、あまり長くはないものの、曲がった一本の天秤棒を大切そうに持ってきて、手慣れた様子で郵便袋を結びつけた。父の肩の上で幾十年の歳月を経た天秤棒が、父の体の温もりを帯びたまま、分厚く弾力のある息子の肩へと移った。この肩は力強く、若い頃の父親のようだった。父はそんな肩に満足した。

父は手が少しふるえているのを感じた。とりわけ自分の手が息子の肩を離れたその瞬間に。何だか目もかすみ、部屋の中のものが急にぼんやりして、息子の大きな姿も壁のあたりに溶け込んでしまったようだ。ああ、ひどく胸がつまる。

彼は息子をせき立てた。

「さあ行こう。時間だ」

父と息子の手の甲を、同時に、ふさふさした何かが撫《な》でていった——犬だ、大きな茶色の犬だった。

犬も早くから起きていた。老人がやったご飯は、もうすっかり平らげてあった。犬は老人にぴったり寄り添って、この見知らぬ若者を怪しんでいるようだった。どうして彼は主人の郵便袋をかついでいるのだろう？　主人の顔色はなぜこんなにすぐれないのだろう？　いったい何事が起こったのか？

とにもかくにも出発の時は来た。いつもの朝と同じように。遠くの方には、彼らを待ちうけ、期待している者たちがいる。足もとにはどこまでも続く道がある。単調で長く、労苦に満ちた、しかしまた温かい人情に満ちあふれた道だ……

ふっと明かりを吹き消し、静かに、郵便局の小さな緑色の扉を閉めた――そっと、大地の眠りを醒《さ》まさないように、近隣の人々の夢をかき乱さないように。茶色の犬が先を歩いて道案内をつとめ、それについて父と息子が出発した。歩きはじめるとすぐ古い石段の登り坂になる。階段は一段一段、霧の中へ、高いところへ、遠いところへと向かっている……

これまでずっと長い年月、父と犬だけが早朝の静けさを破ってきた。が、今日は二人――父と息子の二人なのだ。すでに天秤棒と郵便袋は、息子の肩の上へと置きかわっている。これが現実なのだ。現実の歩みがこんなに速いとは思いもしなかった――

一度、支局長が山の中にやってきて、こう言ったことがあった。

「おまえも老けたもんだな」

老けた？ それはどういう意味だ？ 彼には理解できなかった。支局長に別れを告げると、彼と犬はまた山の奥へと入っていった。

少し前のこと、支局長が山の仕事から降りるよう通告した。ジャスミン茶を飲んだ後、支局長は彼の肩をおさえながら、大きなたんすの姿見の前に連れてきて、言った。

「おまえ、自分の頭を見てみろよ」

彼は半ば「黴《かび》が生えた」髪の毛を見た。なるほど、と思った。年には勝てない。たしかに少し老けた。

支局長は老人のズボンのすそをたくし上げると、腫《は》れて熱をもっている膝の上を撫でた。

「この足を見てみろ」

そのとおりだ。足にはいささか故障があった。が、それがいったい何だ。人は年をとれば、誰にだってちょっとした病気の二つや三つはあるではないか。

支局長は老人をじっと見つめ、言った。

「おまえも引き時だろう」

老人は慌てた。

「わたしはまだ……」

「ばかなことを言うな。おまえは病気持ちじゃないか。それに、これはもう決まったことなんだ」

老人に会って話をする前に、支局長は、こっそり息子に身体検査を受けさせ、必要な書類を書かせ、半月ばかり研修を受けさせていたのだった。

老人は感傷的になりすぎることも、意地を張ることもしなかった。自分にはもうそれほど「熱意」も「能力」も残っていないことがはっきりわかっていたから。それは山の頂きにかかった夕日のようで、沈まないでくれと願ってみたところで、どれだけ長く持ちこたえられるというのか？　彼は自分の足を恨んだ。このいまいましい足は、重たるく、感覚が麻痺しているようでありながら、心臓につきささるように痛むのだ。ああ、足が元手のこの仕事、どうしてしっかり歩けない者につとまろうか。

医者が、むかでを薬に混ぜて飲めば効くかもしれないと言えば――彼は百匹も飲んだ。効果はなかった。雄鶏を食べてみればどうか、あるいは犬の肉を食べてみれば効くかもしれないという人がいた。全部やってみた。しかし、効かなかった。この頑固者の膝骨め。ほかのどこが痛くてもいい、ただここの痛みだけは困るのだ。たった一本の草が川をせき止めてしまうこともある。それはあまりに口惜しい。

息子に後を頼むといっても、かわりがつとまるだろうか？　この仕事は、それぞれの家に行って手紙や新聞を届けるだけなのだろうか？　そんなに単純ではない。ただ若さにまかせて、山また山を越えるだけなのだろうか？　そんなに簡単ではない。

とすれば、自分が息子を連れて配達に行き、道案内をし、なすべき仕事を教え、さらにあれやこれやたくさんのことを伝えなければならない。

それで、父と息子は、出かけることにしたのだった。新しい人は荘厳な第一歩を踏み出し、老いた人は過去に別れを告げる最後の道中がはじまった。

それは犬といっしょの最後の道中でもあった。


朝靄は晴れつつあり、音もなく風に流され、一つの方向に向かって、まっしぐらに後退していた。最後に残されたのは、一本のリボンのような、一枚のスカーフのような、薄霞《うすがすみ》だった。この頃になると、山の形、家、田圃《たんぼ》、段々畑の様子も、ようやくはっきりしてきた――夜が明けたのだ。近くの梢からはチチと小鳥が鳴きはじめ、遠くの山あいには雄鶏の叫び声が心地よくこだましていた。

父は気づいた。平川里《ピンチュワンリ》から来た若い息子は満面に喜色を浮かべながら、目は田畑のあちこちを駆けまわっている。そうだ。息子にとっては、山の中のことすべてが目新しいのだ。

父は息子に、足もとに気をつけろ、と言おうとした。道は狭いし、つるつるした敷石に足を滑らせる恐れがあるからだ。しかし、何も言わず、気がすむまで景色を見せてやることにした。息子が山を好きになるように。山とともに一生を過ごさなければならないのだ、好きにならなければ！

父は息子に言った。

「おまえが歩くこの道は、二百里（百キロ。中国の一里は〇・五キロメートル）ばかりある。途中で二泊しなければならないから、三日がかりだ。一日目の今日は八十里の山道を登らなければならない。天車嶺《ティエンチョーリン》を越えると、そこが望風坑《ワンフォンケン》。九斗壠《ジウトウロン》を過ぎたら、すぐに寒婆坳《ハンポーアオ》をよじ登る。猫公嘴《マオコンズイ》を下ってしまい、薄荷沖《バオフーチョン》で昼食。それからまた揺掌山《ヤオジャンシャン》を越えて、夜は葛藤坪《グートンピン》に宿泊。この一日が一番くたびれ、一番辛い。だから早起きをする。必死に歩かなければ、日のあるうちに宿に着けない」

「ほかの場所には泊まれないの？」

「だめだ。二日目、三日目がうまくいかなくなる」と父は言った。

犬はゆっくり先を歩いている。老郵便配達員がこれまでの旅で歩いてきた速さだった。今までの郵便配達の時には、太くて頑丈そうな茶色の犬の首に、革のひもが結びつけられていた。登りにさしかかると、主人は革ひもの一方の端をつかみ、犬は力一杯主人を引っぱって助けたのだった。今朝出かける時にも、犬はいつものように老人の足もとにうずくまり、革ひもを結びつけてくれるのを待っていた。が、老人はその頭をぽんとたたき、さびしそうに言った。

「今日は、いいんだ。行こう」

犬は顔をあげて主人の方を見つめたが、信じられない様子だった。郵便袋がたしかに別の人の肩に移ったのを見届けてから、のろのろ立ち上がった。九年間主人に付き従ってきて、これまでは出かける時、主人はいつも自分に向かってぶつぶつ「おしゃべり」をしたのに、今日はそれがない！　この若者のせいなのだろうか？　おそらくそうだ。犬は新来の見慣れぬ男を憎らしげにちらりと見た。

息子はあまりにも犬がゆっくり歩いていくのをいやがって、膝で犬の尻を一突きした。父が言った。

「急ぎすぎてはいけない。道は、ずっと同じ速さで歩いた方がいい。長い道のりなんだ。暴食には味がなく、早歩きは長続きしない、と言うぞ」

犬は見知らぬ男の股越しに、老人の顔色をうかがった。しかし足を速めろという指示は読み取れなかった。若者の焦りにとりあわず、犬は相変わらずゆっくり歩いていった。

老人は犬の歩き方によって、自分がいつもと同じ速さで歩いていることがわかった。しかし父は、自分の両足がもうこんな歩き方にもついていけなくなっている、と感じた。両肩が空っぽで、手ぶらで歩いているのに、こんなふうになるのが、彼には理解できなかった。もし後継者がいなかったとしたら、いったいどんなことになっていただろうか？　もし今日もまだ自分が郵便物の袋をかついでいたとしたら、もし支局長が自分に退職をすすめなかったとしたら。よりどころができて、気持ちの上から枷《かせ》がはずれたために、病いや痛みが頭をもたげてきて、弱気になったのだろうか？　そうだ、きっとそうだ。ああ、人というのはこんなものなのだ。

息子は父の息づかいから何かを聞き取った。彼は歩みを止め、静かに手で平衡をとりながら天秤棒を反対の肩に置きかえた。父の方を見る、しわを寄せた眉毛の下のその目には不安の色があらわれていた。干したみかんの皮のような父の顔からは、豆粒くらいの大粒の汗がにじみ出ており、顔色は、ひどく悪かった。

息子が父に言った。

「父さん、疲れたんだろう」

父は服の袖で汗をぬぐいながら、

「歩いていて熱くなっただけだ」

「父さん、もうだめだよ、歩けやしないじゃないか。引き返せばいいよ」

「何でもないさ。年には勝てないだけだ」

「帰れよ、心配するなよ、道はわかる。道は誰かに聞けばいい、と言うじゃないか」

父は沈んだ顔つきになり、今にも怒り出しそうだった。

それで、先へ進むことになった。

この時、太陽はすでに山の頂きをすっかり金色に染め上げていたが、麓《ふもと》の方はまだ雲霧におおわれていた。それはまるで山が水の中に浮かんでいるようだった。風が吹くと霧も動いて、この根っこのない山も、それにつれてふわふわ漂っていた。

「なるほど神さまが山に住みたがるわけだ！」

老人はこの美しい景色を目にするたびに、神様の話を思い出すのだった。神経を集中させて見ていると、どこかの山ふところから、五色の祥雲がただよい出てきて、その上に観音聖母とか托塔李天王《たくとうりてんのう》とかが立っているかもしれなかった。この広々とした山野、この長い道のりは、さまざまな思いを気ままに遊ばせることができる別天地なのだ。幽玄で縹渺《ひょうびょう》とした雲の中の島々は、その場に臨んだ人をうっとりさせ、神奇な想像へと誘うのである。

ああ、何といっても、人は最も想像力に富み、感受性に富んでいる。老郵便配達員はそのおかげで、さびしさにうち勝ち、疲れを追い払うことができた。今、彼は昔を思い出したかと思うと、またとりとめもない考えにふけって、一人微笑んだ。身体も足もずいぶん軽くなったように思われた。口笛を吹こうとさえ思ったほどだ。

しかし、老人のあのくそまじめな一人息子は、早くもこの魅惑的な風景から抜け出していた。

息子の足取りは、ずっと重くなっていた。

ワン、ワン、ワン。

犬が金色の山の頂きの、その一番高い岩の上に立って、向かいの山の方に大きく吠えた。その声は、谷間にこだまして、この天地の間で最も魅力的な、最も生気あふれる音楽のフレーズとなっていた。

いつもは押し黙り、人に馴れておとなしい犬に、これほどよく響くのどがあったとは。両耳をそばだて、頭をあげ尾を立て、何とこれほどの威厳と神々しさをもっている。父が言った。

「こいつは山の下の平地に住む人たちに、誰がやってきて、山の向こうからどんな消息や郵便がもたらされようとしているのかを教えているんだ」

誰でも感ずることだろうが、待ち望んでいる時には、一分一分が、とても長く思われるものだ。このいやになる長い時間を少しでも短くするために、犬は予告していたのだ。

山の頂きの、金色の柔らかな光の中で、父と息子と犬は立ち止まった。ここには休むのにちょうどよい大きな岩があった。父は向かいの山の方を指さしながら、息子に、あそこは何という場所で、どれだけの大隊、生産隊（人民公社の下部組織で郷、村に相当する）があるか、そしてそこに仕分けして配達する必要のある新聞や雑誌の種類や数などを教えた。細々《こまごま》と記された帳簿が、白髪まじりの髪の毛に保護された父の大脳に刻まれているかのようだった。

仕事の話が一段落すると、父は特に息子に言った。

「もし桂花樹《グイホワシューウー》屋の葛栄栄《グーロンロン》のところに手紙が来たら、その時にはおっくうがらずに、三里の道だが遠回りして届けてやれ。葛《グー》は大隊の秘書と仲が悪いから、彼には秘書が手紙を回してやらないいんだ」

「桂花樹《グイホワシューウー》屋って？」

「あそこだ」と言い、父は手で、息子の目を山の下の平地、その村里、そこの一軒の農家へと導いていった。

「木公坡《ムーコンポー》の王五《ワンウー》は目が見えない。彼には息子がいてよそで働いている。もし為替が送られてきたら、おまえが代わりに受け取って、金を直接王五《ワンウー》に渡すんだ。家にいる下の息子は悪いやつで、以前為替をだましとられたことがあった。わかったか？」

「わかった」

「螺形湾《ルオシンワン》ではここ二年ばかりうさぎを飼っている。手紙を届ける時、犬によく言って、野うさぎと思ってかみつかないようにさせるんだ。犬はまだわかっていない……」

まだまだたくさんあった。山の頂きの岩の上に立って、縦横に交錯する山川や平地を見下ろしながら、父は息子をそばに来させ、自分の仕事や経験、これまで注意を払ってきたことがら、そしてこれから先、気をつける必要のあることなど事細かに語って聞かせた。ひとくさり語るたびに、父は息子に「わかったか？」とたずねた。息子がきちんとうなずいたのを見てから、続きを話した。これからまもなく通り過ぎようとしているいくつもの大隊の幹部、党員、小学校教師、重要人物、よく郵便を利用する客の人名簿を暗唱して聞かせもした。息子はすべてにうなずいたか？　全部頭に入ったか？　老人はもうさほどこだわらなかった。

老人は思った。これらのことは、話しておかなければならない。息子に知らせておかなければならない。息子が父の仕事を引き継ぐのだから。父が知っていることを、どうして後を引き継ぐ者が知らなくてよいはずがあろうか？

息子は父によく似ていた。笑い方、話しっぷり、てきぱきして几帳面な仕事ぶり、みんなそっくりだった。父は喜んだが、村の人々はもっと喜んだ。父はみんなに言った。

「これからこのあたりは、うちの息子が郵便を配達するんだ」

すると大隊の幹部は、率先して手をたたき、歓迎の意をあらわした。人々は、それからもちろん老郵便配達員の行く末をたずねた。老人は退職するとは言わず、嘘を言った。

「これからもこのあたりへはやって来る。息子と交代で来るんだ」

こう言った時、父は目頭が熱くなるのを覚え、急いでハンカチを取り出すと、鼻をこすってごまかした。ああ、この嘘は、つらく悲しい嘘だ。

郵便袋は少し隙間ができたかと思うと、またすぐにいっぱいになってしまった。小包を送る人もあれば、手紙を出したり、お金を送ったりする人もあり、みんなすっかり準備を整えて学校の先生のところに置いてあった。このように準備しておいてもらうのが父の決まりだった。郵便配達員は郵便収受員でもあった。八十斤（四十キロ。一斤は〇・五キログラム）の郵便袋をかついで帰る時もあって、袋の中味は増えることはあってもめったに減ることはなかった。

実際には三日来なかっただけなのに、父はそれを半年も訪ねなかったと思っているようで、いつまでも山の村の様子をたずねていた。牛がどうしたとか、豚がどうしたとか、誰それの結婚話とか、どんな些細《ささい》なことでもすべて手落ちがないように。父がつまらないことをいつまでもしゃべっているのに耐えきれず、若い息子は犬といっしょにもうあぜ道を越え、流れに沿った小径《こみち》を通って、先に歩きはじめていた。

まもなく夜になろうとする頃、茶色の犬がすばやく山あいの平地へと駆けてゆき、ひとしきりワンワン吠えた。それから興奮してしっぽを振りながら走ってもどってきた。葛藤坪《グートンピン》に着いたのだな、と息子は思った。

葛藤坪《グートンピン》には高低さまざまの黒や灰色の屋根がぎっしりと並んでおり、村の入り口の門の前には一筋の小川が流れていた。小川のこちら側の野菜畑では、一人の少女が夕暮れの光の中で鋤《すき》をふるっており、今にも消え入らんとする光を、腰をかがめてつかみ取ろうとしているようだった。

茶色の犬はその赤い服を着た少女のところに走っていって止まり、喜んで彼女のまわりを回った。赤い服の少女は腰を伸ばし、道の上に郵便配達員の姿を見つけ、よく通る声で老郵便局員の名前を呼び、仕事を放り出して走り寄ると、若者の荷物を受け取った。老人は見た、息子の大きな身体の前で、なかなか男っぷりで健康そうな顔の前で、娘は少しばかりはにかんだ表情を見せ、その頰《ほお》にすっと赤みがさすのを。

老人はその娘に、ここにいるのは自分の息子で、着任したばかりの配達員で、壬《みずのえ》寅《とら》の年の生まれ（一九六二年にあたる。この時二十歳位か）で……と紹介した。そんなことを言って何になるんだ？　息子は父親に冷たい視線を投げかけた。

だがこう言ったことで相当な迷惑をかけることになってしまった——足を洗う水、豪勢な夕食、特別によい蒲団、おまけに夜食までもが用意されたのだった。

父は自分がとんでもないことをしてしまったのに気づいた。どうしてそんなことを言う必要があったのか？　どうしてこの赤い服の少女の家に泊まる必要があったのか？　彼はいささか動転していた。

父は自分が若かった時、平川里《ピンチュワンリ》へ郵便配達に行くと、いつもきまってある大きな家で休憩し、昼飯をとったことから、一人の若い娘の注意を引いたことを思い起こしていた。若い娘は、いつも決まった時間に楓の木の下に立ち、彼を待つようになった。それからまたこっそり彼を見送るようになった。とうとう最後には、緑色の郵便袋の中に、そっと一足の布靴と二つ並んだ蓮の花を刺《し》繡《しゅう》した靴の中敷きとを押し込んだ——この娘が後に息子の母親になった。

彼は息子の母親にすまないと思っていた。自分が郵便配達で歩き回っていた何十年もの間、妻は家にいてさまざまな苦労を重ねていた。夫というものはふつう一本の大樹であって、妻を雨風から守ってやるものだった。が、彼には夫という名前があるに過ぎなかった。せいぜい妻に夫の幻想を与えてやれるくらいだった。家に帰ってきてもお客さんと同じで、一晩か二晩泊まってゆくのがせいぜいだったから。

　父の過去と同じことが、息子の身に再演されるのだろうか？　それはわからない。今この少女は、とても喜んでいるように見える。老人はこんなふうになると考えてもみなかったことを後悔した。なぜほかの家に泊まらなかったのか？　彼は息子が自分の過去と同じ一幕を演ずることを願っていなかった。

　その娘のどこが気に入らないというのだろう？　もちろん、何も問題はない。老人は幼かった彼女が大きくなるのを見てきた。彼女が好きだった。また彼女の姉妹たちも好きだった。彼女の父親は腕のよい職人だし、母親は賢明な女性だった。これまで老人は、しばしば彼女の家に宿泊した。冬には厚い綿蒲団を用意してくれ、夏には涼しいむしろを敷いてくれたことが、とりわけ深く記憶に残っている。娘が小さかった時、彼はよく冗談を言ったものだった。

「将来おまえを平川里《ピンチユワンリ》に連れていって、うちの息子のお嫁さんにしよう。いいかい？」

そんな時、娘は彼をつっついたり、つきとばしたり、髪の毛を引っぱったりした。一度だけ、娘が真顔でたずねたことがある。

「おじさんの息子は素敵？　背は高い？　あなたみたいな性格？」

老人は今でも覚えている、その時の娘の表情は特におもしろかった。老人は冗談を続けて、答えた。

「うちの一人息子は雲の上の神仙のように素敵だよ」

俗に、子供は千年前のことを覚えているという。本当に息子を連れてやってきた今、どうしてあの昔の冗談を思い出さなかったのだろうか？　ひょうたんから駒が出るようなことはしない方がいい。『十五貫』という芝居があった。それは一言の冗談から無実の人間が殺人犯に仕立てられてしまう話だった。

父はこの少女が気に入っていた。少女は自分が若い時に出会った息子の母親よりずっときれいで、ずっと輝いて見えた。現代風であることは、言うまでもない。自分が昔出会ったあの頃の娘にいったい何がわかっていたのだろう？　二つ並んだ蓮の花の刺繍を知っていただけだ。人前に出て挨拶することもできず、一言口をきいたかと思うとうつむいてしまった。だが今の女性は……、息子が顔を赤らめようが赤らめまいが、目はじっと郵便配達員を見つめている。口では絶え間なく平川里《ピンチユワンリ》のことをたずねている。トラクターのこと、ポンプのこと、渡し船のこと、自転車のこと……こんなに真剣に、こんなに夢中になって。頬杖《ほおづえ》をつき、目の中にはキラキラさざ波がゆれていた。少しでもはじらいがあったろうか？　いや！

この道を行く郵便配達の若者は、この娘の手から逃れられないだろう。それはよいことなのだろうか？　もちろんよいことだ。しかし、郵便局員と結婚した女性は、たいへんな苦労をすることになる！　ああ、それにしても、村の郵便配達だって結婚しないわけにはいかないのだ！　ままよ、子供たちには子供たちの幸せがあるだろう。

明くる朝、さらによく似合った赤い服に着替えた娘が、どうしても親子二人を送ってゆくと言った。若者たちにはまだ話したいことがあるようで、老人は少し後ろに下がって一人で歩いた。

父はこんな歌を口ずさんで息子に聴かせた。

曲江《チユージアン》過ぎれば禾江《ホージアン》

禾江《ホージアン》下れば濁江《ジュオジアン》
濁江《ジュオジアン》、南江《ナンジアン》また麗江《リージアン》
背江《ペイジアン》、横江《ホンジアン》、矮子江《ワイズジアン》
そして最後に婆婆江《ポーポージアン》

これがその日の行程であり、一日の行く手に立ちはだかる虎のようなものだった。七十里の曲がりくねった道は、平坦でこそなかったが、それほど危険ではなかった。ただ道をさえぎる九本の江《ジアン》＝川が難所なのだった。山の中に大きな川はない。「江《ジアン》」というのは尊称であって、実際にはただの小さな渓流に過ぎない。春夏の季節には、水が渓谷いっぱいになり、ちょっと大雨が降れば、とたんに水かさが三尺（約一メートル）も増してしまい、川幅が一丈（三・三メートル）あまりも広くなって、濁った渦が湧き起こるため、橋も架けられず、堤防を作ることもできない。秋冬の季節には、水は浅くなり、川床は干上がって、丸石だらけになる。道が長く山が険しいのはこわくないし、雨風霜雪もこわくないが、このめちゃくちゃな水、常に変化して予測のつかないこの水は恐ろしいのである。山に住む人にとって、これはそれほど大きな脅威ではなかった。水かさが増せば、川を渡らず遠回りをすればよかったからだ。だが、郵便配達員はそういうわけにいかなかった。何のためらいもなく靴下を脱ぎ、ズボンをたくし上げて川に入らなければならない。厳寒の時であろうと、急流であろうと、絶対に川を渡らなければならない。時にはさらに、ズボンを脱いで、郵便袋を頭のてっぺんにのせて川を渡らなければならないこともあった。老人の膝の関節炎はこのようにして長年月にわたる無理が積もり積もっておこったのかもしれなかった。

支局長が一度父といっしょにこの行程を回った時、よくよく事情を察して、父の昇進を請求し、担当地域をかえて、もっと若い人に来させようとしたことがあった。が、父はそうしなかった。ほかの人では、季節によってどの川が大きくなり、どの川が浅くなるか、その変化がよくわからないことを心配したからだ。

平川里《ピンチユワンリ》の家の近くには大きな川があった。息子は水の中の英雄だった。しかし、息子が渓流をうまく越せるとは限らなかったし、こけが生えてつるつるする石の上をしっかりした足取りで歩けるとは限らなかった。父は息子に渓流を渡る方法を一つ一つ教え、川ごとに渡る場所と適切な方角を教え、いろいろな状況における川の水のおよその深さを教えた。肩の上には千斤の重荷をかついでいる。これは子供の遊びとちがうのだ。

息子の足は、たこができて硬くなった農夫の足だった。その太くてしっかりした足で、落ち着いて歩いていた。ゆっくり渓流を渡り、川の向こう岸のきれいな草の上に荷物を置くと、老人を背負うためにまた川を渡ってきた——息子は父に靴も靴下も脱がせなかった。父が冷たい水に入る時は終わりを告げたのだ。

犬は先に川を渡ろうとはしなかった。犬はこれまで老郵便局員といっしょに川を渡った。その身体で必死に水の流れを防いで、急流が日に日に痩せ衰えてゆく老人の足に与える衝撃を、できるかぎり弱めようとした。

老人が靴を脱がなかったので、犬はそばにいてびっくりしているようだった。

犬はよく知らぬ若者が郵便袋を置いてから、また水を渡ってこちらへ来るのを見ていた。頑丈な、しかしこごえて真っ赤になった両足でしっかり岸辺の浅瀬を踏みしめて、わずかに背中をかがめ、両手を後ろに差し出した……

父は足を曲げて、両手で息子の首につかまり、胸と腹を息子の温かく厚い背中にぴったりくっつけた。太く力強い息子の両手が、しっかり老人の両膝を支えていた。

犬は喜んでクンクンいいながら、水の中に浮かぶ身体をしっかり息子の足もとに近づけ、精一杯水の流れを防ぎ止めようとした。

父は一瞬めまいを覚えた。これは現実ではないのではないかと疑った。目を開けると、向こう岸が近づいており、水が犬にぶつかるサラサラという音が小さくなっている――たしかに川を渡っているのだ。もうすぐ岸に着く。それにしても足はどうだ？たしかに温かく、これまで経験してきたあの冷たい感覚は少しもない。ああ、ついに、過去は記憶の中に残るばかりになってしまった。老人は一粒の涙をこぼした。息子はちょっと首をすくめ、振り返って何かをつぶやいた。

……父の記憶では、一度だけ一人息子をおぶったことがあった。

支局長が三日間家に帰るよう命じた時のことだった。その時は、幼い息子と丸三日、とことん遊ぶことができた。妻は女子二人と一人の男子を産んだ。息子が生まれた時、彼は家におらず、三日目に親戚友人に贈る赤い卵を、妻は夫に送ってよこした。つまり夫をよその人として扱ったわけだ。

満一歳の祝いは、特に盛大だった。この家では四代にわたって一人息子が続いていたので、男の子を宝物のように思っており、聞いた話では、相当な料理や酒が振る舞われたとのことだった。が、彼はその時も、犬を連れて山の奥深くを歩き回っていた。局に戻ってくると、局にいた同僚が、「おまえの家から紅焼肉《ホンシヤオロウ》と高粱酒《カオリヤンチユウ》が届いているぞ」と言った。そこで、同僚と、犬といっしょに、山の麓の、緑色の門の敷居に腰かけて息子の誕生日のごちそうにありついたのだった。

あの三日間、本当に息子にほおずりすることができた。彼は爆竹を買い、提灯を買った。山で竹を取ってきて花火鉄砲を作ってやろう——息子はそんな遊びができる年になっていた。

車で行こうとすると待たなければならない。車はやめにして、茶色の犬といっしょに近道をして、山をよじ登り、峰を越えて、平川里《ピンチユワンリ》の自分の家まで駆けつけたのだった。

あの正月の三日間、彼は息子を一日中馬乗りさせて遊んだ。息子が下りようとしてもそうはさせなかった。日頃の父親としての不足を補おうとしていたのだ——彼が息子をおぶったのはこの一度きり、父と子の情愛などといわれても、思い出せるのは、この時のことだけなのだ。

今、息子が父をおぶっている。父のすでに年老いた身体をおぶっている。息子の腰と背中、すでに生活の重荷を背負っている腰と背中は、頑丈な障壁のように、山のように、鬱蒼《うっそう》と茂った林のように、彼をまもっていた。安全で、暖かな感じがあった。父ははっと気づいた。今や「いい思いをする」ことの意義を理解したのだ。彼はまさしく父たるものが得られるいい思いを楽しんでいた。

ああ、何十年もの間、たった一人、山と道、川と田畑の間を行き来し、孤独と、さびしさと、労苦と、疲れと、犬と、郵便袋といっしょに半生を送ったのだが、その間の辛さは、今やすべてある種の甘い感覚に溶け込んでしまったようだ。この父の一粒の涙は、過去のありとあらゆる労苦の総決算だったのだろうか、それとも長い年月身になじんだあらゆるものに別れを告げることへの辛さのためだったのだろうか？

向こう岸に着いた。犬は老人に向かってワンワン吠えた。ぼんやりしていてはいけない、やることがあるだろう、と告げるように。

そうだ、うっかり忘れるところだった。老人と犬は急いで川沿いの林の中に駆け込んでいった。犬は大急ぎで走っていって、若い郵便局員のために草をくわえてくると、また稲妻のように林の中へ駆けていった。息子はようやく父が準備してきたマッチを探し出し、足を暖めるための草に火をつけた。犬はまた小さな枯れ枝を引きずってきた。

たき火に火がつくと、父は火を燃え立たせ、冷えて真っ赤になった息子の足をしっかり暖めてやった。犬は遠くで思いきり身体を振るわせ、毛の間から水玉を飛び散らせた。そして火のそばに座って身体を暖めながら、やさしくいたわるように舌で若者の手の甲を舐《な》めてやっていた――この人はもう見知らぬ人ではなく、いい人だ。この人は自分の主人をおぶって川を渡ってくれたのだ。犬は息子に感謝していた。

深緑の大きな山に哀れにも押しつぶされそうな、そしてまた夕靄によって切れ切れにされた村里に向かって、犬は吠えながら駆けていった。遠くの方から、一群の人がやって来る——。

父と息子の二人は、早くも夕餉《ゆうげ》の支度と蒲団の下の稲わらの香りをかぎとっていた。


村の郵便配達員に交代の休みはなく、ただ日曜日に休めるばかりだった。息子といっしょに郵便配達から戻った翌日は、うまい具合に日曜日だった。今日はお日さまが出ていたので、父と息子は椅子を持ってきて、日当たりのよい裏庭の野菜畑に腰掛けた。犬は傍らにふせって、脚で蝶と遊び戯れていた。

父が息子に言っておきたいことは、三日の間にすべて語りつくしてしまったようだった。しかし、まだ話し続けていた。すべてが繰り返しだったかもしれないが、それも父はもう覚えていなかったし、息子もいやな顔をしなかった。

父が話し終えると、今度は息子が話しはじめた。

山の上では、着任したばかりだから、息子にはよけいなことを言う資格はなかった。

今度は父が平川里《ピンチユワンリ》の農村に戻って自分がいた位置に取って代わろうとしている。父は数十年もの間、よそで仕事をしてきたから、平川里《ピンチユワンリ》でのあらゆることが見知らぬことであって、何から何まで最初からやらなければならなかった。父は新米なのだ。その一切のことに対処するのは、とてもたいへんなことだろう。

「父さん、家に帰ったら、まず大事なことは、上屋場《シャンウーチャン》の更《グン》おじさんのところにできるだけ顔を出すことだ。困った時に、ずいぶん家の面倒を見てくれた。どれほど油や食料を借りたかわからないのに、絶対に返させてくれないんだ」

「それはいい人だ、お礼に行かなくちゃな」

「お礼はいいんだ。彼は面子《メンツ》を重んずる人なんで、いつもあんたが偉そうにしていて、ちっともたずねてこないって言ってるよ」

「どうして行けるんだ？　そんな時間がなかったからじゃないか！」

「そりゃそうだ、でもこれからは気をつけた方がいい」

息子がまた言った。

「父さん、大隊長（村長）はひどいやつだから、決して機嫌をそこねちゃいけない。わからないこと、聞き慣れないことはまずは聞かないふりをして、決してお役人様を怒らせちゃいけない。大隊長がいいことをしてくれる時には、それでいい。いやなことをする時には、じっと我慢するんだ」

「そいつについては聞いたことがある。たちが悪くて、虎みたいなやつなんだな？」

「虎だろうと何だろうと、父さんには関係ないよ」

「おまえの知ったことか。虎の尻には触れぬもの、と言うが、触れるべき時には触れたっていい。おれだって国家公務員なんだ」

息子は熱くなって言った。

「父さんは知らないけれど、これから、種でも、化学肥料でも、農薬でも、みんな大隊長に要求しなければならない。相手の顔をつぶしたら、やりにくくなるんだ」

「ふん。こっちからそんなにたくさん要求することもないだろう。援助を求めないなら、こっちも対等、何のひけめを感ずることもない」

父は強情だったから、息子はもう何も言わなかった。だが、あくまでも頼むよといった目で父の方を見た。

父は、若くして老成した息子の思いを察し、おだやかに言った。

「もちろん、おれだって野蛮人じゃない、そう無茶なことはしないさ」

息子は父に、一家四人で三カ所の田圃を請け負っているが、田圃の仕事は自分が郵便配達の仕事につく前、すでに同輩の友人に託してあることを告げた。息子は父に、田圃の仕事はしないこと、水の中には入らないことを承知させた——息子は父の足の病いを心配していたのだ。

「父さん、水に入らないって約束できるね？」

「ああ、入らない」

息子は言った。

「母さんは一度喀血《かっけつ》したことがあって、冬には喘息《ぜんそく》がひどいんだ。それなのに、母さんは薬を飲もうとせず、医者に見せようともしない。家に戻ってきたら、県城（県の役所が置かれた町）に連れていって検査してもらわなくちゃ。県の役所には知り合いもいるだろう」

父はうなずいた。

…………

「今度家に帰ってゆくと、いろいろ面倒なことがあるだろうな」父は思った。

父はとてもいとおしそうに、老成した息子を見た。十数歳の時にはもう否応なしに、家庭の重荷を背負って、黙々と牛のように働き、遠くの山を駆け回っていた父を家の仕事から解き放ってやり、働き過ぎの母親のために苦労を分かっていたのだ。息子は早いうちから上級学校への進学をあきらめなければならず、ふつうの一人息子のように甘やかされたことがなかった。分厚くてなお若く初々しい肩を、こんなにも重苦しく、こんなにも複雑な荷物が押しつぶしていたのだ。

この幼い頃からの重荷は、完全に自分のせいなのだ。父は本当に息子を抱いてやりたかった、ほおずりしてやりたかった。しかし、息子はもう大きくなっていた。彼は息子に感謝の言葉をかけてやりたかった。が、何も言わなかった。きれいに飾った言葉など、生涯使ったことがなかったのだ！


最後に、父は息子のために、二つの緑色の郵便袋の荷造りをしてやった。この荷造りは一生のうちで最も満足がゆくできばえだった。しかし荷物をつめるのに時間がかかりすぎ、老人の手はもう十分にはいうことをきかなかった。

父と子の二人はいっしょのベッドに寝た。数日の疲労に加え、そばにいる息子の強健な肉体が発するエネルギーのために、老人はぐっすり眠れるはずだった。だが、眠れなかった。いつまでもいつまでも、目はギラギラしていた。夜の風がそっとガラスをたたく音、名も知れぬ虫がチチと鳴く声が、さやかに耳の中へ飛び込んできた……もし犬が口で蚊帳《かや》を引っぱって、ワウワウ唸らなかったとしたら、すんでのところで寝坊するところだった。

老人はころりとベッドから下り、すばやく服を着、眠っている息子を力一杯揺すって起こした。

黙ってご飯を炊き、父子は犬といっしょに食べた。父は天秤棒を息子の肩の上にのせると、明かりを吹き消し、扉を閉め、連れ立って、まだ星が浮かんでいる広野に向かって歩いていった。

門の前の石段を下りた時、父は少しよろけた。どのように足を運んだのか、どんなふうによろけたのかもわからず、身体がちょっと下の方に沈んだのがわかったばかりだった。彼は急いで息子の肩につかまり、何とか地面にころばずにすんだ……

歌をうたいながら休みなく流れる小川のほとり、古くて短い石橋のところで、息子は郵便袋をかついだまま、立ち止まって動かなくなった。父が山かげにある緑の扉、緑の壁の営業所に戻るまで、ずっと立ち止まっていてやろうと決心したのだ。やがて朝靄が晴れ、朝日が昇ってしまえば、一日の行程に遅れをきたすだろう。それでもかまわない。八十斤もの荷物で肩を押しつぶされながら、そんなつもりで息子は立ち止まっていた。

靄が濃くなかったうえに、川の反射光のために、父は息子の表情にあらわれた決意をはっきり見た。

それで、父はもうこれ以上送らないことにした。息子に言った。

「おまえ……気をつけろよ、さあ行け」

息子は黙ってうなずき、泣きそうになって鼻をすすった。だが、まだ歩き出さない。

そこで、父は背を向けた。

犬はどうした？　橋の真ん中で、狼狽《ろうばい》してワウワウいっている。父は戻って橋に上り、うずくまって犬の首を抱いた。子供に向かうように犬に言った。

「行け、あいつといっしょに行くんだ。あいつはおまえによくしてくれるだろう。さあ行け、あいつはおまえを必要としている。おまえを連れにする必要があるんだ。おまえの助けが必要なんだ。川を渡る時にはおまえが必要なんだ。草原を突っ切る時にはおまえが先に行くんだ。そうでなければ、あいつは道に迷ってしまうだろう。おまえがいなければ、あいつは道をさえぎる蛇を始末することができない。それに、山の中の人たちはおまえの声が聞きたいんだ。それに……おまえがいなければいけないんだ。聞こえたのか？　わかったのか？　え、え、……」

ワンワンワン。犬がうろたえたように吠えた。いやだというのか？　それとも老人といっしょに帰りたいというのか？

「さあ行け、行くんだ！」

老人は大声で言った。

息子が犬をあやしていた――よし、よし。

父は急に後ろを向いて、まっすぐ戻っていった。犬は少しためらっていたが、やはり父についていった。老人にまとわってクンクンいっている。

老人は突然竹の棒を拾うと、犬のお尻に一鞭《ひとむち》くれてやった。

ワーン――ワンワン。

犬は痛そうに、橋の方へ駆けていった。

老人は竹の棒を、清らかに透き通って流れる山の小川に投げ捨てると、のどの奥に急に何かがつまったような気がした。その時、何か熱いものが膝にあたるのを感じた。目を開けて見ると、それは犬だった！　犬が彼の膝を舐めている。

老人は再び身をかがめ、ポケットからハンカチを取り出して、犬の目の涙をぬぐってやった。そしてそっとつぶやくように言った。

「行け」

一筋の茶色の矢が、緑の夢の中へと放たれていった。

沢《たく》国《こく》

細米《シーミー》と彼女の嫂《あによめ》は、この時間になると、来る日も来る日も湖に出て魚を捕る。細《シー》米《ミー》と嫂が延縄《はえなわ》のいっぱい入ったかごをかついで家を出ると、すぐに湖辺の緑の草原の中に溶け込んでしまう。嫂は細米《シーミー》より五つ年上だったが、背は少し低かった。嫂が前を歩き、細米《シーミー》が後ろからついてゆく。嫂はまげを結っている。子供を生んだからまげを結ったのだと細米《シーミー》は思う。漁村の女性は子供を生むとまげを結う。すると目立って落ち着きと色気が出てくるのだ。細米《シーミー》の方は、自分の二本のおさげを大切にしていた。お嫁に来たばかりの頃、嫂は二本のおさげを揺らめかせており、片一方のおさげを持って胸の前でまさぐっている様子がとても魅力的だったのを、細米《シーミー》は覚えている。彼女はまげをうらやましいとは思わず、まげを結うようになってしまうのを恐ろしいことだと思っていた。

怒りながら怨《うら》みながらまた笑いながら、嫂は細米《シーミー》に言った。

「あんたの兄さんには負けるよ！」

たしかに負ける。兄の腕は嫂の太股より太いのだ。何かぼんやりした想像が細米《シーミー》を恐れさせた。しかし、嫂だって決して兄に押しつぶされていたわけではない。細米《シーミー》は嫂の身のまわりに、いつも乳臭さと子供のおしっこの臭いが漂っているのを感じ、それでますます自分のおさげを大切に思った。心地よさそうにおさげを揺らめかせる自由は、少女にしかなかった。が、いつまでも少女でいられるわけではない。

　家の門から船を置いてある湖の岸辺まで、たっぷり一里（五百メートル）はあった。太陽は家の後ろから昇り、船を置いてあるところに沈む。延縄を仕掛けに行く時、細米《シーミー》と嫂は夕日と出会う。朝、延縄を引き上げて帰る時、ちょうど日の出を迎える。彼女たち二人の太陽は、円く大きく柔らかだ。柔らかく温かな太陽が、毎日決まった時間に二人を迎える。

　朝、帰ってくる時には、湖辺の草原に朝の光がひろがって、草の上の露が色とりどりの真珠のようにキラキラ輝き、人の目を奪う。白い霧に包まれながら、くすんだ緑色の屏風《びょうぶ》の中に沈む漁村は、煙のように雲のようにふわふわ漂って、帰り船の漁師たちから遙か遠くにあるように見える。

　夕方湖に出ていく時、漁師たちが草原を過ぎ、湖畔の柔らかい砂地を踏む頃には、一本の巨大な赤い柱が目路の限り湖に横たわっているのが見える。その片一方は西の方の真っ赤な太陽に連なり、片一方は足もとまで延びていて、男臭さをむんむん漂わせた海の男が小船の上に寝そべっているようで、問答無用とばかりにこの大きな湖を支配していた。億万もの細かな鱗のような波が、それに目配せをしてへつらい、まわりを取り囲んでいる。

太陽の光のもと、細米《シーミー》と嫂はそっと纜《ともづな》を解いて小船に乗り込み、二つのかいを動かしはじめ、男臭く赤い光におとなしく導かれながら、漕ぎ進んでゆく。細米《シーミー》と嫂は気持ちが落ち着いてくるのを感じ、すべての災難から自分をまもってくれる男性の胸の中を這って進むような安らぎを感じる。二人の小船はゆらゆら揺れながら太陽に向かって進んでゆき、子供が父親に飛びつくように、あっという間に真っ赤に染め上げられてしまう。漁船の帆が、この柔和な光の中、何事もないかのように行ったり来たりしている。

緑の湖水と草原で生活する人々が太陽神を崇拝しているのは、赤い色が彼らの生命を創造し保護しているからだ。朝日と夕日が赤い色を作り出す時、漁師の生命は最も活動的になり、湖はこの時、最高に気前よく贈り物をくれるのだった。朝と夕暮れとが漁師たちにとって一番忙しく、真っ赤な光芒《こうぼう》が漁師たちを刺激し、狂わんばかりになる。

湖辺の草原は実に大きい。細米《シーミー》と嫂が背丈ほどもある草原の中に入ってしまうと、まるで大海に沈んだ針のように、影も形もなくなってしまう。ただ二人の髪に結んだピンクと白のシルクのリボンばかりが、蝶のように緑の草の中を浮遊していた。

草原は蝶たちの世界だ。春になって暖かくなると、遊び好きな蝶たちが、色とりどりの薄雲のように編隊を組み、軽やかに若草の上を覆う。蝶たちは遠くへも行かず高くも飛ばず、花や草のほのかな香りに夢中になっている。緑の草と鮮やかな花が、彼らの演技のすばらしい舞台と背景になっている。この引き立てがなかったら、蝶たちのダンスもすっかり色あせてしまっただろう。

さらに大事なのは、蝶たちの美しい衣裳が完全に花の美しさを真似て作られていることだ。花が、美を愛する彼らの命のすべてだった。遊び好きで、負けずぎらいで、嫉妬深い蝶たちは、彼らより美しい他のいかなる動物の存在をも認めようとしなかった。細米《シーミー》と嫂が髪を結ってこの蝶たちの国に飛び込んだ時、群をなした蝶が黙って彼女たちの頭のまわりに付き従い、飛び回ったのも、よく観察するためであり、競おうとするためであり、あるいは怒っていたのかもしれなかった。だが漁師たちの印象の中で、蝶はただ楽しいばかりで、悲しみや怒りを持つものではなかった。蝶たちはあまりに軽快で、その怒りを表現できないのだった。蝶たちは色鮮やかな雲となって細《シー》米《ミー》と嫂を漁村から湖まで送ってゆき、また水辺から家まで送っていった。

仕事の初めと終わりに細米《シーミー》と嫂を送り迎えする仲間はいつも蝶たちだったから、細米《シーミー》は彼らに感謝していた。彼らが軽快で美しいために、細《シー》米《ミー》はほんのちょっとでも触らないように気をつけた。彼女はものごころがつく前も、ものごころがついてからも、蝶をつかまえようと思ったことは一度もなかった。美しいものはひとたびこわれてしまうと、二度と再びもとにはもどれない、と彼女は思っていた。もし蝶たちが、子供の頃の遊び仲間のように、あんたとなんか遊んでやらないよ、と意固地になって言ったとしたら、彼女と嫂のこの短い旅は、よほど味気ないものになってしまっただろう。魚捕り仲間には果てしない広がりがあって、決して嫂と小姑《こじゅうと》の二人だけではなかったのだ。

家の門から湖までの曲がりくねった細道は、細米《シーミー》と嫂が二人で歩いてできた道だった。漁村から湖まで、何本かの小道があった――永遠に広くはならないであろう小道が。湖の草は踏み倒されても、また一晩のうちに腰を伸ばした。泥が千年もの間堆積してできた肥沃な水辺の土が、屈服させられた草たちに栄養と勇気をたっぷり与えるからだ。ほかの人が歩いた道を歩きたくなかったので、細米《シーミー》はどうしても自分の道を歩こうとした。広く平らな湖辺の草原は、自分の好きにどこを歩いてもよかった。嫂はかすかな微笑みをうかべ、細米《シーミー》に従おうという意志を示した。

細米《シーミー》と嫂はよく気が合った。嫂はいつも小姑の言うことを聞き、もちろん夫にも従っていた。女というものは結婚したら人に従わなければならないものだと細米《シーミー》は思っていた。湖は男の世界だ。どんなに有能な女性でも、ものすごい波の中に出ていって格闘する力はなかった。それによって女性が屈服することが決められたのだ。細米《シーミー》はやがて自分も嫂のようにつつましく従順になるのだろうと思った。

細米《シーミー》は、湖辺の草原の真ん中に立って四方を見わたすのが好きだった。そうする時、彼女は巨大な緑の絨毯《じゅうたん》に包まれ、最高の暖かさを感じることができた。花や草のむっとするような息吹が、彼女を酔ったようにくらくらさせる。この息吹のために、彼女の体中の毛穴から発熱して落ち着かず、むずむず動くような気がするのだが、どうしたら内心の騒ぎがおさまるのかわからなかった。

ある時、彼女はただ一人草原の奥深くまで行って、汚れのない白い雲が緑の地平線の上を動いてゆくのを見た。南の方を見ても、北の方を見ても、果てしなく草原が広がっていた。湧き立つ雲、波立つ水、風にそよぐ草が一つに混じり合い、草と水と空とが一つになっていた。この緑の草原はどのくらいの大きさがあるのだろうか？　その果てはどこにあるのだろうか？　果てまではどのくらいあるのだろうか？　どんな様子なのだろうか？

老人たちは、八百里と言った。八百里の洞庭、八百里の草原。細米《シーミー》がこの結論に満足できなかったのは、八百里では湖辺の草原の大きさをまったく説明できていないからだった。思い屈した時、悩み事や心配事がある時、ここに一人来て、広々とした草原の沈黙の愛撫を受け、打ち寄せる波の柔らかな音を聞くと、心はにわかに自然と通じ、すぐにすがすがしくおおらかな気持ちになる、と細米《シーミー》は思った。ここに一人でやってくるのが好きになったのはいつのことだろう？　それはそんなに前のことではないようだ。

細米《シーミー》と嫂の小道は、いつも湿っており、ぬかるんでいた。彼女らのはだしの足が、草で編まれたこの小道に触れるやいなや、さわやかな気持ちになって、疲れも消えてしまう。背の高いかわらよもぎ、野よもぎ、えのころぐさ、ほたるたで、冬ちがや、紅うまごやしなどさまざまな草の列が二人を歓び迎え、熱烈なキスをし、サヤサヤ音をたてる。湖の草は情愛たっぷりの様子で細米《シーミー》の胸や足を撫で、彼女は顔を赤らめ耳を熱くし、心の中のむずがゆい思いが抑えられなくなる。幸い嫂は前を歩いていて、細米《シーミー》の表情を見ることはできない。嫂はこのところしばしば一種異様なまなざしで、彼女の胸や、尻や、足や目を見ることがあり、特に人前でそんなふうに観察されると、彼女は困ってしまう。彼女が草たちの愛撫に敏感になり、そのうえ嫂を恐れるようになったのはいつのことだろう？　それはそんなに前のことではないようだ。

ほんとにいらいらする、と細米《シーミー》は思った。以前細米《シーミー》はいらいらするなどと思ったことはなかった。人はどうしていらいらしたりするのだろう？

緑の長い廊下を出て、巨大な真っ赤な落日を真正面に見、鼻をつく湖のなまぐさい臭いをかぐと、細米《シーミー》の甘い悩みやみだらな思いはすぐに雲散霧消してしまう。湖の上は忙しく活発で、のんびり静かな草原との間できわだった対照をなしていた。遠くの深いところには大小さまざまの機帆船がひっきりなしに行き来しており、エンジンの音が風に乗って岸辺まで聞えてくる。それは戦士の出陣を促す陣太鼓のように、ぼやぼやするなと漁師たちを駆り立てていた。

漁師の子孫である細米《シーミー》と嫂も、もちろんぼやぼやしてはいなかった。彼女たちは延縄でいっぱいになったかごをかつぎ、草原と湖の間の、湖水が干満を繰り返して白くなった砂浜をすばやく歩いてきて、彼女たちの小さな船のわきに止まった。砂浜のそのあたりには、あちらこちらに小さな船が置いてあった。この小さな船はたいてい延縄漁のため浅瀬での漁のための船だった。一艘の小船が細米《シーミー》と嫂の目の前を、巨大な太陽に向かってゆっくり漕ぎ出してゆき、全身が真っ赤に染め上げられていた。小船の漁師たちは、広々とした草原の無数の小道を通って、まちがえることなく自分の船の場所にやってきた。湖の深いところで魚を捕る機動船や、とま船の漁師たちは、この夕暮れ時に、全身の疲労と収獲とを持って岸辺に向かってくる。すると、浅瀬で魚を捕る船が湖に出はじめる。漁師たちはこれを「口開け」と呼んでいる。さまざまな漁船が一面の鱗のような赤い波の中を機織《はたお》りの梭《ひ》のように往来している。今が一日で一番忙しい時間なのだ。

この壮麗で感動的な絵図は、細米《シーミー》の頭の中をからっぽにし、二人は船と釣針に全神経を集中させる。彼女と嫂は広いズボンのすそをたくしあげ、かごを持ち上げて小船に載せた。屋根も手すりもない小船には、ただ二本のかいがあるだけだった。小船は澄んだ水の上にゆったり横たわっていて、水中の砂粒は真珠のようにキラキラ輝き、銀色の小魚が船のまわりを泳ぎ戯れていた。そんな小船が主人に一蹴りされてハッと目を覚ます。小船はいかにも眠たそうにちょっと身体をねじると、船べりが水に入りそうになる。が、幸いなことに主人は泰山のように落ち着いており、水が入りそうになった小船を、ちょうどうまい具合に助けるのだった。嫂は細米《シーミー》を先に船に乗せた。いつも彼女を先に乗せるのだ。

嫂は岸辺にしっかり打ち込んである柳の木の杭から、船をもやっている縄をほどいた。船がつないであるたくさんの柳の木の杭はどれも活きていて、春になると緑の柔らかな芽を出しさえした。柳は下賤な木であって、根がなくても活きることができ、水に棄てられても枯れなかった。人々から軽んじられ、植物の同類たちからもばかにされる柳は、洞庭湖の最も親密な仲間の一つだった。細米《シーミー》も村の人々もみな柳が好きだ。細く長く、緑の葉でいっぱいの柳の枝は、細米《シーミー》といっしょに幻想に満ちた幼年時代を過ごし、そのなよなよした柳が同時に子供だった細米《シーミー》の幻想を豊かにしたのだった。柳は湖と草原との間の垣根になっており、漁師たちの心の中の不滅の塀だった。

嫂は濡れたロープを輪っかにして船の上に放り、それから身をかがめて両手で船を押した。砂礫《されき》はもはや小船にまとわりつこうとせず、小船は慎み深く重荷を負って湖に滑り出した。船が軽くなったのを感じると、嫂はすぐに小船に飛び乗った。

湖水は幾重もの円いさざ波を作ってゆき、小船は湖に向かって音もなく滑り出し、壮麗で美しい合唱に加わった。細米《シーミー》が船尾に座ってかいをあやつり、嫂は前の方で延縄を整理し、二人がここぞと思う場所にそれを下ろす準備をしていた。嫂の動作はすばやかった。すぐにも絡まってしまいそうな幾千もの釣針が、彼女の手の中でおとなしく言うことを聞き、少しも乱れなかった。細米《シーミー》は、嫂の仕事ぶりはまげを結う時と同じで、一糸も乱れないのだ、と思った。嫂は本当に理想的な漁師の妻だった。そしてまた優秀な漁婦でもあった。

魚を捕る仕事は、豪快さと繊細さとを同時に求められる仕事なのだ。サッカーのように豪快かつ繊細だ。苦労をいやがる人、いい加減な人は、洞庭湖でまともに生活してゆくことができない。天下で最もきつい仕事を「漁《ぎょ》、樵《しょう》、耕《こう》、読《どく》」とまとめた人がいたが、魚を捕る人の辛苦が真っ先に置かれている。またある人は謹厳で細やかなことを「天網恢々《てんもうかいかい》」と形容した。網をあやつることの細かさがうかがえよう。傑出した漁師になることは容易ではないが、漁師の傑出した妻になるのも同じくらい難しい。漁師の家庭にあって、細米《シーミー》はその娘としての生活に満足していた。娘であれば甘えてもいいし、そそっかしくてもいい、それにまだ多くのことに責任を負わなくてもよいのだから。では、まげを結って漁師の妻になったら、一体どんなふうになるのだろうか？　だから細米《シーミー》はまげが彼女から遠くにあれば遠くにあるほどよいと願った。彼女は嫂を少し気の毒にも思ったが、嫂はとても生き生きと味わい深い暮らしをしている。

岸から十メートルも離れると、小船は次第に激しく揺れはじめ、湖の中ほどに近づくにつれ、風と波はますます強くなっていった。「風は無くても波は三尺」というのが決して大げさな言い方でないことは、岸辺にいただけで体験できるものではない。

湖の深いところに行ってはじめて実感できるのだ。機帆船が一つまた一つと航路を走ってくる。船とすれ違うたびに、押し寄せる波が、小船を慌てさせ不安にさせる。だが、細米《シーミー》と嫂、そして漁師たちは誰も、船がひっくり返る心配をしたことはなかった。小船がどれだけ揺れても、彼女たちはまるで泥の塊のように船に身をへばりつけた。細米《シーミー》はかいをあやつり、嫂は延縄を整えながら、両足でしっかり船端を押さえ、お尻を座席にぴったりくっつけることで、どんな波の動きにも耐えることができた。それは漁師特有の、広くて大きく、力のある足だった。足指は太く短く、木の根のように広がって、岩のようにどっしりしていた。大波大風に揺さぶられても、何事もなかったかのように、相変わらず船の中で針を通し糸を引っぱっていられる。

湖特有のなまぐささが、この時さらに強烈に細米《シーミー》と嫂のまわりを包んだ。岸はすでに遠く、赤みを帯びた緑の一線を残すばかりになっていた。彼女たちは果てしなく広がる赤い波の中に身を置いており、波が船をたたくピチャピチャいう音がますますはっきり響くようになった。巨大な夕日のまわりの空は、茜色の厚く濃い雲の幕をひろげていて、太陽はその間をしずかに落ちてゆく。まるで厚くしきつめた柔らかいわらの上に卵を置くかのように。

船が湖の真ん中に着くと、細米《シーミー》と嫂は、船底の下で敵たちが、いかにして彼女らの誘いと仕掛けから逃れるかについて、ひそひそ相談しているような気がする。魚たちは、彼らの生存に適したこの水の中から逃れられないと同時に、逃げたり隠れたりして自分を守らなければならなかった。彼らは矛盾していて気の毒だ。細米《シーミー》はそんなふうに考えてみたこともあったが、やはり彼女は生まれた時から彼らにとっての敵なのだ。それはどうしようもないことだ。

延縄を仕掛ける者と大きな網を使って魚を捕る者とが、この水域に群がり集まって仕事をしていた。男たちの赤銅色の見事な身体が、上がり下がりする船のへさきで、力強く美しい姿態を形作っている。あちらこちらから、粗野な掛声と勇壮な漁歌が湧き起こる。だがそれらは発動機船の鈍重なエンジンの音、汽笛の音に荒々しく断ち切られ、引き裂かれた。踏みにじられた労働の掛声は、そのためますます力強さを感じさせる。

細米《シーミー》と嫂は、漁師たちが創造する世界にすっかり入り込んでいた。細米《シーミー》が舞うようにあやつる二本のかいの動きが微妙に変化しはじめている。加速しようとしていることが、玄人《くろうと》にはわかる。小船の美称を「双飛燕《そうひえん》」という——それは二本のかいが美しく舞う姿から来ていた。漁師の末裔としてのカンによって、細米《シーミー》は知らず知らずのうちに、かいを舞わせる絶妙の技術を完璧にマスターしていたのだ。

一丈（三・三メートル）あまりの二本のかいは、彼女の細くて長い両腕によって動かされ、まるで二枚の葉っぱのように軽やかに、音もなく波の間を出たり入ったりしている。それは空を切り裂く燕の羽根のように静かだった。かいの先から一滴の水が落ちるのも見えないうちに、かいはまたさっと湖中に潜ってしまう。細米《シーミー》は手によってではなく、心で二本のかいをあやつっていたとも言えるだろう。細米《シーミー》が腕に少し力を入れると、船はわずかに揺れて、瞬く間に飛ぶように進んだ。この時、細米《シーミー》は嫂が握り拳で腰と背中をたたき、顔をあげて、ふーっと一息つくのを見る。嫂が振り向いて彼女の方をちらりと見る。太陽が顔の半分を真っ赤に染めている。細米《シーミー》は嫂が延縄を下ろす前の準備をし終えたことを知る。彼女たちは、今この場所から、延縄を仕掛けはじめるべきなのだ。

広々とした湖の中に横たわる、血のように真っ赤な光の柱は弱ってゆき、湖と空が接するあたりがぼやけていった。細米《シーミー》はなまぐさく生暖かな湖の風に、いくぶん涼しさが混じってきたのを感じる。脇の下と肌着に汗でへばりついたシャツが、涼風によって軽くめくれ上がった。この時、細米《シーミー》は二本のかいの動きを止めた。二本のかいを水に逆らってさすと、小船はゆっくり停止した。

嫂は一本の竹竿を取り出し、船の近くの、あまり深くはない湖底に突き立てた。長い縄の片一方が竹竿に固定されていた。竹竿は目印になり、同時に長い釣糸が流されないようにするためだった。細米《シーミー》は水から二本のかいを抜き取った。静かに流れる湖水が、小船を押してゆっくり移動させている。嫂は流れに従って、延縄を下ろしてゆく。一本の長い縄に結ばれた釣針が、機敏で狡猾そうにぽとりと水の中に潜り、主人が与えた任務を遂行しにいく。心から望んで、あまり華やかでない役割を果たそうとしている。

どの釣針にも、胡麻、穀物、豆の皮を牛の糞でこねた、香りのよいえさがついていた。鯉はこれが大好物なのだ。今は鯉漁の季節である。漁師たちにとっては、洞庭湖で一番上等な魚は鯉だった。漁師たちは鯉を先祖に捧げ、太陽神やその他もろもろの神様に捧げるのだ。細米《シーミー》と嫂は朝食の後、えさをこねはじめる。何千という釣針にえさをつけるのに、夕方湖に出ていくまでかかってしまう。彼女と嫂は、メロディーをなさないような民謡や、切れ切れに聞き覚えた流行歌を口ずさみながら、黙々と飽きもせず、いつ果てるともない作業を続けていた。細米《シーミー》はいらだってくる。しかし漁村でのいらだちには持って行き場がない。みんなやらなければならないことがたくさんあって、ほかの人のいらだちなんかにかまっていられないのだ。いらいらしてきて、自分の手もとの仕事を打ち棄ててやらないからといって、ほかの人が自分の仕事の手を休めることは決してない。風に波がなければ、風だということもわからない。それで細米《シーミー》のいらだちもすぐに鈍ってしまうのだった。漁師たちの偉大な忍耐が、一代、また一代、彼らの子孫を征服してゆく。

夕闇がおりる頃、湖はまた静けさを取り戻しはじめる。騒がしかった湖にも倦《う》み疲れる時があるのだ。水は急に柔らかな緞子《どんす》のように変わり、穏やかなしわが浮かんでくる。今にも水に沈もうとする太陽は、いよいよ大きくなり、光はさらに柔らかになって、年老いた長者の晩年のように、やさしく親しみ深くなってゆく。太陽と湖とが力を合わせ、この世で最も美しい絵画を制作していた。世界のいかなる美しい自然の景観も、この「洞庭落日の図」と並ぶことはできないだろう。

夜の湖は航行が不可能だ。湖の航路には、川や海のような法則性がない。百も千もの川が一つの湖に流れ込み、変化に富んだ湖には、なかなか言葉では言い表せない難しさがあるのだ。実際、湖は夜に航行する者の安全を保証しはしない。黄昏《たそがれ》を迎える頃、停泊すべき船は安全な港に向かい、さらに先へと航行を続ける船も、錨を下ろしはじめる。黄昏の湖は急に静かで無音の世界になる。夜延縄を仕掛ける「双飛燕」ばかりが、まだゆっくり動いていて、その静かに休みなく動く様子は、這って進むありの行列のようだった。それは夜を恐れず、よく知ったこの水域を、目をつぶってでも行くことができた。

　細米《シーミー》と嫂の小船は、彼女たちの航路に従って緞子のような水域を滑っていった。細《シー》米《ミー》は二本のかいを置いて、水が船を押してくれるのにまかせていた。嫂は一人で延縄を下ろす作業をし、細米《シーミー》にそれをさせなかった。嫂にしかそれができなかったから。自分しかできない仕事の時は、彼女は妹を休ませていた。細米《シーミー》は本を読むのが好きで、空の彼方を見て物思いにふけるくせがあるのを嫂は知っていた。だから、できるだけ細米《シーミー》に好きなことをさせてやろうと思ったのだ。嫂はもちろんいい人だった。

　嫂は細米《シーミー》に、本が読みたいのなら読めばいいじゃないか、私一人でできるから、と言った。細米《シーミー》はそういうわけにはいかないと答えたのだが、嫂を説得することはできなかった。それでのんびり心おきなく船の中に寝転がって本を読み、とりとめもない物思いにふけっていた。家のものも嫂も、細米《シーミー》が何の本を読んでいるのか、どこから持ってきた本なのかも知らなかったし、細米《シーミー》も読んでいる本のことを話さなかった。漁師たちにとって読書はどうでもよいことだったから。

　太陽が水に沈む前の壮麗な美しさはどうにも形容できない。巨大な赤い輝きはこの上なく漁師たちを感動させる。しかし、本当に水に沈む瞬間はかえってつまらないものだ。人が観賞している暇もなく、それはどんどん濃くなってゆく赤紫色の幕におおわれてしまう。湖の中の暖かな色合いが、突然冷たさに飲み込まれてしまう。冷たい光芒が、細米《シーミー》の本のページをまったく生気のないものに変えてしまうと、細米《シーミー》は本を放りだして、青い星の輝く東の空と濁った西の空をじっと見つめる。星たちが太陽に勝利したのだ。夜色――この巫女《みこ》は次第に大地の醜悪と善美とを一つに混ぜ合わせる。巫女にも擁護するものがいた。それは魚たちだ。魚たちの世界は夜の庇護のもと、最高に活発になる。大小さまざまな魚は夜色の中、水面に躍り出し、駆け回って太陽の敗北を祝福し、その報せを互いに触れ回った。愚かな魚たちは、暗い夜はすぐに過ぎ去って、太陽がまた昇るのだということを考えなかった。後のことを考えずにはしゃぎ過ぎたものたちは、なんと細米《シーミー》の身体や船の中に飛び込んできて、いかにも後悔した様子で銀色の身体をもがいている。

この時、細米《シーミー》は一幅の美しい風景を見ることができる――一群の白い鳥が、きげんをとるかのように、ガアガアいって細米《シーミー》のまわりを上下に飛び回るのだ。彼らは船の上の獲物を見、細米《シーミー》が太っ腹な人間で、そのごちそうをくれることを知っていた。細《シー》米《ミー》は気前よく魚を選んで、薄暗い空に放り投げてやる。いい角度で放り投げると、すぐに白い矢がサーッと獲物に向かってやってきて、魚が水に落ちる前に赤い嘴《くちばし》でキャッチする。細米《シーミー》はこうした動物たちの敏捷さに感服していたものの、彼らが好きなわけではなかった。彼らは何物をも創造しなかったから。

西の空の濁りが次第に燦々《さんさん》と輝く東の空の星々に征服された時、眼前の風景が白色のベールに残らずおおわれた時、湖が穴蔵の中のように静かになった時、嫂は手の中の延縄を全部下ろし終わった。最後にもう一本の竹竿を湖底に突き立てて、「双飛燕」はその作業をほぼすべて完成したのだ。すると静かな水面に、船のかいが水をかき回す音が響きはじめる。

空はあっという間に暗くなる。星と月の光がさやかに彼女たちと船の上に注いでいる。細米《シーミー》は二本のかいをあやつって、まばらな灯りがまたたく岸辺に向かっていた。嫂の額の上の汗が月の光に照らされてキラキラ光っているのが見えた。

細米《シーミー》と嫂の二人が再び湖辺の草原を踏んだ時、夜の草原は昼間よりもずっと大きくなったように見えた。漁村のまばらな灯りは空の遙か彼方にあるようだった。草原と湖は一つに混じり合い、彼女たちはまだ水の真ん中に浮んでいるように思われた。大地のしじまは人を恐れさせ、彼女たちが普段聞き知っている音はすべて消えていた。時たま犬や牛の鳴き声がするが、それもどこか別世界から来るように感じられ、湖辺の草原の広大さを証明しているようだった。

細米《シーミー》と嫂が岸に上がってする最初のことは、草原の中に入っておしっこをすること、何時間も我慢していた長いおしっこをすることだった。おしっこが草にぶつかる音は、時に彼女たち自身をもびっくりさせた。それは大波が船べりをたたく音のようでもあり、水路が決壊した時に洪水が作物にぶつかる音のようでもあった。夜はとても静かだった。彼女たちは大きな咳払いをして、この優雅ならざる音をごまかさなければならない時もあった。女性が湖に出るのはたいへんなことだ。彼女たちはどうしても男性のように、湖の内ふところに入って自由でスマートになれないのだった。

昔は漁村沢国《たくこく》の女性たちは湖には出ないものだった。女性は女性。湖は男のものだった。

今はちがう。

細米《シーミー》と嫂はこの荷物を下ろし、ほっとした心地よさを感じていた。二人は深い草原の中からすっくと立ち上がると、ゆっくり夜のさわやかな空気を吸った。丸一日の仕事を終えて、細米《シーミー》は自分もなかなかやるなと思う。彼女と嫂は男性でさえもできないような仕事をしたのだ。この時には、彼女の母が少しばかり気の毒になる――母親は湖に出たことがなかった。

星の光、月の光は、すでに草の中の彼女たちの行進を照らす能力を失っていた。草原の国は一面の真っ暗闇だ。細米《シーミー》と嫂はなんらの助けも借りずに、心の中に刻まれた小道の上を正確に誤りなく家の方に向かって歩いていった。多情な草どもは前と同じように、彼女たちを抱きしめキスをした。豆粒くらいの大きさの家の灯りが次第に明るく暖かくなってくる。やがて夕暮れに湖の果てに沈んだあの真っ赤な太陽が昇ってくるだろう。

次の日の夜明け前、いつもの足音で、草たちが夢から覚め、深い草原の中に住んでいるいなご、野ねずみ、うさぎ、猫、野鴨……たちも夢から覚めるだろう。しかし、細米《シーミー》と嫂が彼らの目を覚ますのを誰もいやがりはしない。朝日が東に昇る頃、細米《シーミー》と嫂がもたらした深い喜びをみんなで分かちあうのだ。細米《シーミー》と嫂が、あのずっしりと重いかごを持ってここを通り過ぎるだろう。嫂が前、細米《シーミー》が後になって。蝶の群がそれについてゆき、薄く軽やかな彩雲が草原を飛び回る……

南を避ける

ここ一年くらいの間に、次女の容《ロン》が、さくらんぼのように熟そうとしているのに、老田《ラオティエン》は気づいた。顔には赤みがさし、髪の毛はつやつやし、うなじは急に白くなり、胸が前に出てきた。お尻も後ろに出て、背が伸び、体つきがふっくらしてきた。口数が少なくなり、すぐにはにかむようになった。そのため老田《ラオティエン》はのんびり夢など見ていられなくなった。次女の変化によって、うれしいこと、心配すべきことが増えたからだ。うれしいというのは、老田《ラオティエン》の見たところ、容《ロン》は間違いなく四脚坪《スージアオピン》の年頃の娘たちの中で、一番美しかったことだ。心配事はたくさんあった。まわりのみんなが噂しながら見ている面白い芝居の中には、こんな一幕がある。人並み秀でた娘の多くは、蜂や蝶の追撃からどうしても逃れられず、その猛烈な攻撃に抵抗できたものは一人もいない。

猫や鶏とちがって、大の大人を閉じ込めて飼っておくことはできない。それは、木になった見事なさくらんぼや花園のかぐわしい花が、虫たちや蜂、蝶の第一の攻撃目標となる運命にあるのと同じだ。人もそれと同じなのはごく自然だった。この避けようのない現実の中で、またそれと格闘する力もない現実の中で、一人のか弱い農民である老田《ラオティエン》に、どうして容《ロン》をまもる力があるだろうか？　しかし、蜂や蝶がいくら攻撃してきたところで、それは老田《ラオティエン》にとっては、たいした問題ではなかった。蜂だ蝶だといったやつを、容《ロン》という花にくっつけてしまえばよかったからだ。若すぎて結婚証をもらうことはできないにしても、お腹が大きくさえならなければ、二人いっしょに住むなら住んでもいい。そんなことなら、いまどき村の中ではまるで珍しい話ではなく、話題にするほどの値打ちもなくなってしまっているのだ。

老田《ラオティエン》は容《ロン》が誰かについて広東に行ってしまうことを恐れていた。そして、容《ロン》はまさしく広東に行く年頃になってしまった。

「若いうちは広東に行ってはいけない。年老いたら四川に行ってはいけない」という老人たちの言葉がある。老人たちの解釈では、最初の句は、若者は広東に行くと性病にかかりやすいという意味だった。後の句は、四川へ行く道は険しく、天に上るよりも困難だから、故郷に帰ってこられなくなるという意味だった。だが、老田《ラオティエン》にすれば、今や若者が広東に行くことの恐ろしさは、「性病」や何かのそれをはるかに越えてしまっていた。

広東へ行く風潮は、すでに四脚坪《スージアオピン》を含む県じゅうを席巻していた。県城（県の役所が置かれた町）と鎮（小さな町）でまだ時折若い男女の姿を見かけることができるほかは、広大な農村で若者の姿を見ることが、もはや難しくなってしまっていた。十代、二十代、三十代の若者はほとんどいなくなってしまい、中年老年が残って、無理をしながら何とか田畑や山野を維持しているばかりだった。田畑の多くは耕作することができず、荒れてしまっていた。多くの作物は、種を蒔《ま》いてはみたものの収穫できず、天候不良にあって水に漬かって腐ってしまうか、さもなければ鼠たちのごちそうになるかだった。

最近老田《ラオテイエン》は、廟門檻《ミアオメンジエン》で十五キロもある鼠をつかまえた人がおり、鼠の肉を食べる勇気を持った農民たちが美食の楽しみを味わったとの話を聞いた。またある人がその片脚を燻製《くんせい》にして、県役所のある部門で財政を担当していた親戚に食べさせたところ、その親戚は今までこんなにうまい物を食べたことがない、と言って大喜びのあまり、廟門檻《ミアオメンジエン》のために、川にセメントの橋を架ける予算を割り当ててやり、川向こうの学生の通学問題を解決したとのことだった。人が鼠にえさをやって肥らせてやれば、鼠はその肥えた肉でもって、お返しに人に福を与える。こうなると、鼠が本当に憎むべきものなのかどうかわからなくなってしまう。

最初の年、一団の若者たちが出かけていった。この連中がものすごい行動力によって道を切り開き、次の年には残りの半分の若者を引き連れていった。三年目になると、血気盛んで身体に病気のない者は、ほとんどみんな行ってしまったのだった。

県長が農村へ視察に来た時、田畑が荒れ、食料が浪費されているのを厳しく叱責し、何らかの措置を講ずるよう命じた。一方、上の役所へは、次のように報告した。「改革の春風によって、労働力に喜ぶべき流通がもたらされ、本県では毎年外から送られてくるお金だけでも二、三億元に達する。農村の生活は大いに中流の生活水準に近づき、農村では立派な赤れんがの家が毎年二十パーセントの速度で増加している」

方向の異なったこれらの文章を、老田《ラオティエン》は二つとも読んでいた。前者は県の便りの中で、後者は地区（省の下にあって、いくつかの県を統べる行政単位）の夕刊の中で。老田《ラオティエン》はそんなに年取っていたわけでもなく、せいぜい四十歳くらいだった。建国（一九四九年）後に生まれ、文革時代の「老三届《ラオサンジエ》」（文化大革命初期、学生募集が中止されていた一九六六―六八年に、大学あるいは高校に入学する年齢だった者）だったが、まずは教養のある農民であって、新聞もよく読んでいた。

もし政治上の理由がなかったならば、老田《ラオティエン》もあるいは大学を出て幹部になっていたかもしれず、そうなれば次女のためにもよいこと尽しで、何の心配もなかったろう。容《ロン》くらいの器量、気だてで、都市に戸籍を持った家庭に生まれていたとしたら、少なくとも一流どころの事務員ぐらいにはなれたにちがいない。老田《ラオティエン》がたくさん見てきた、町の「完全武装」した娘たちは、美しくはあっても、どれも青白く、不自然で、容《ロン》くらい生き生きした子は実に少なかった。ああ、今のご時世が老田《ラオティエン》を埋もれさせ、人生の最高の時節を誤らせようとしている。老田《ラオティエン》がどうして老けこまないでいられようか？

たしかに老けこんでしまった。頬はこけてしまい、額ははげ上がり、両手はやせて鳥の足のようだった。以前、老田《ラオティエン》が同級生の任子午《レンズーウー》の家にいた時、任《レン》の同僚がたずねた。

「こちらはおまえのおじさんかい？」

老田《ラオティエン》は後で悲しくため息をもらした。

「おまえとおれは同い年なのに、おれはおまえのおじさんに見えたようだ。勤めに出るのと農作業をするのはちがうんだな」

任子午《レンズーウー》が言った。

「でもおれは心臓がよくないし、関節もよくない。おまえは何にも故障がないじゃないか。おれなんか一晩中眠れないのに、おまえは横になったとたんに大いびきで、一晩中よく眠って小便にも起きない。おれなんか一晩に三回も小便しに起きるんだ。おまえは一人息子に二人娘。おれなんか一人生まれただけで、もうおしまいさ」

なるほどそう考えれば、自分が老けて見えるのも、決して根本的な欠点ではないような気がしてきた。

老田《ラオティエン》は、自分は開けた考えの持ち主で、新鮮な事物を受け入れ理解できると自認していた。彼は決して旧式の農民ではなかった。村人が誰かを「老《ラオ》」と呼ぶ時には敬意がこもっている。例えば幹部には、任子午《レンズーウー》が「老任《ラオレン》」と言われるように、一律に姓の前に「老《ラオ》」の字がつく。村人が彼のことを「老田《ラオティエン》」と呼ぶのは、おそらく彼がただの農民には見えなかったからにちがいない。

彼は郷や村の幹部になることは断ったが、郷や村ではしばしば彼を臨時の幹部として招き、短期決戦的な任務を負わせることがあった。彼はその仕事を、誰にも劣らずやり遂げた。少しばかり商売をしたこともあるが、そのやり方もなかなか見事だった。彼はまたいつも自分の畑で、ちょっとした実験を行っていた。良い品種のぶた、良い品種の鶏、食用がえる、蛇やさそりなどを試しに飼育してみたのだ。なかなかたいへんだったから、次から次へとみなやめてしまったが。

彼のように賢い農民は、おのずと人から「老《ラオ》」をつけて呼ばれるのだ。上と比べれば足りないにせよ、下と比べれば裕福といった普通の生活を送る分には何ら問題はないし、それにはそんなに神経を使いもしない。地理的条件の制約がある以上、農民の老田《ラオティエン》に金儲けは難しかったが、そんなに苦労してかけずり回る必要もなかった。

しかし、南の広東、深圳《しんせん》に対しては、心にひっかかるものがあった。そこの人たちが金儲けをしていることについては別にうらやましいとも思わなかった。だが、蜂の巣じゅうの蜂がそちらに向かって押し寄せてゆくような内陸人の行為とその境遇については深く心を痛めていた。

四脚坪《スージアオピン》でここ数年来いつも取りざたされる話題は、もちろん大部分が南からやってきた。仕事に行った者から毎日のように手紙が来、手紙が来れば、みんな押すな押すなして読んだ。家にいる者の気持ちも、当然すべてそちらの方に向かっていた。

よいニュースは、だいたい似たり寄ったりだった。例えば、誰かがまたお金を送ってきたとか。そして送ってきた金額の多寡によって、その農家の次の行動が決まった。家を建てる、死者のために墓を作って法事を営む、家具を買う、値の張る高級品を買うとかだ。

　よくないニュース、これは色鮮やかであり、後から後から尽きることがなかった。遠くの話については、老田《ラオティエン》が直接見たり聞いたりしたわけではないから、半信半疑だったものの、四脚坪《スージアオピン》で起こったことは、いやがうえにも頭の中に一つの場所を占めてしまった。一番すさまじかったのは、上屋《シャンウー》の李《リー》家の話だろう。李《リー》家の娘は、かつて若者たちから四脚坪《スージアオピン》の「一枝花《いっしか》」と呼ばれていた。最初の一団が広東に行った時、家の者は絶対に彼女を行かせようとしなかった。たぶん、彼女が器量よしだったから、トラブルが起こりやすいと考えたからだろう。二度目の時には、もはや引き留める手だてもなかった。これ以上娘を引き留めると、ふさぎ込んで頭がおかしくなりかねなかったからだ。そこでおそるおそる彼女を行かせてみた。結果、半年後に向こうの工場からお骨を引き取りに来るようにとの連絡があった。この「一枝花」の死に様はきわめて凄惨なもので、手足をバラバラにされ、郊外の野原に棄てられていたという話だった。

　それに次ぐのは川向こうの邱《チウ》家の娘の話だろう。彼女も十分器量よしの娘だった。大学入試にもわずか二・五点の差で合格できなかったのだが、暮らし向きが安泰でもなかったので、自費で勉強を続けさせるわけにもゆかず、人について南へ行ってしまった。この女性は自尊心が強く、聞くところでは、行って一月あまりして、上役に犯されるのがいやで、一文なしのまま工場から逃げ出し、五百キロあまりの道を、どうやってだか知らないが、歩いて帰ってきたのだった。

家まで二、三キロのところまで来て、これ以上頑張り続けることもできず、倒れ込んで意識を失ってしまった。朝早く近くの村人が起きて牛の放牧に出ようとすると、道に誰かが倒れているのを見つけた。抱き起こして鼻に手をあててみると、まだ息をしている。さらによく見たところ、これが邱《チウ》家の娘であることがわかった。そこで慌てて家に連れ帰った。よく見ると、靴もとっくになくなっており、足の裏も歩きづめで傷がただれてひどいことになっていて、服もぼろぼろになっていた。意識が戻ってからも、この娘は泣きもしなければ恥ずかしがりもせず、悔しそうに歯がみして一言いった。

「母さん、これからは乞食がお米をもらいに来ても、もう絶対にあげちゃいけないよ」

しばらくして、この言葉のわけがわかった。邱《チウ》家の娘は道中ずっと物乞いをしてきたのだが、広東あたりの家はみんな金持ちで、何も恵んでくれないばかりか、犬をけしかけたりするので、物乞いすらもできなくなってしまったのだ……それにしてもどうやって食べ物を探して生きてきたのだろう。

彼女の餓《う》え方は、並み大抵ではなかった。この邱《チウ》家の娘は、もう一年にもなるのだが、食べ物を見れば飛びついて食べようとし、満腹なのかお腹がへっているのかもわからなくなってしまっていた。誰か止める者がいなければ、いつまでも食べ続けた。精神病になってしまったのだ。医者の話では、回復にはまだまだ時間がかかるだろうとのことだった。きちんとした一人の娘が、こんなふうに、生きているんだか死んでいるんだかわからなくなってしまう。老田《ラオティイエン》は彼女を見るたびに、娘を持った我が身を思うのだった。

最近のニュースはといえば、川向こうのこれも邱《チウ》姓の家の双子の娘のことだ。そろって利口者で、誰からも可愛がられていた。二人うちそろって南へ行ったのだが、間もなく二人してお金をごっそり送ってよこし、邱《チウ》家では瞬く間に三階建ての赤れんがの家を建てたのだった。少し前、その双子は、金の指輪、金のイヤリング、金のネックレスの金ぴか尽しに、真っ赤な唇、真っ黒の眉毛、全身にブランドものを身につけて故郷に錦を飾った。それから二人して昼となく夜となく、鎮の医者へペニシリンを打ちに行った。鎮の医者は、あの二つの宝物のあそこはすっかりぐちゃぐちゃになっていると言った。

あそこがぐちゃぐちゃになった双子の姉妹は、しかしまったく悪びれる様子もなく、少し具合がよくなるとたばこを口にくわえ、お尻をふりふり鎮や村を見せびらかして歩いており、誰かに会えば、あっちは最高にすばらしいのに、こっちは最高に悲惨ね、と言うのだった。食事は外で済ませ、あの三階建ての赤れんがの家に帰って一度でも食事をするのは、みっともないとでも思っているようだった。病気が治ったらまた行くのかい？　と誰かがたずねたところ、当然行く、との答えだった。もしまたこんな病気になったら？　とたずねてみたら、あっちでは、ちょっときれいな女の子がこういった病気にかかるのは一つも驚くようなことではない、こうした病気にかからないのが不思議なくらいだ、との答えが返ってきた。中にはこういう病気になりたいと思いながら、なれない娘もいて……。

これは老田《ラオティエン》が自分の耳で聞いた話だった。その時、老田《ラオティエン》は本当に胸騒ぎがし、これ以上聞いていたら心臓の発作が起きるような気がして、急いで席を立ったのだった。

家に帰って妻にその話をしたら、彼女はそれを聞くや、腰をかがめてトイレに駆け込み、吐いたのだった。それから彼に言った。

「あんたの宝物のあの娘も、あっちの方へ行きたがってるのよ」

さあ、老田《ラオテイエン》の心配は果たして本物になった。いよいよ老田《ラオテイエン》が本格的に眠れない時が来てしまったのだ。

娘を広東に行かせないために、老田《ラオテイエン》は今やっている一切の仕事を放棄する決意をした。県城と地区の町とに行って、同級生に会い、意見を聞こうとしたのだ。老三届《ラオサンジエ》のその一群では、当時それほどぱっとしなくても、今や町で一廉《ひとかど》の地位を占めている者が多かった。その頃、彼は班長だった。後にはみんなから選ばれて「司令」にもなったが、最後は最下層にまで落とされた。原因はたくさんあったにちがいないが、その一つは早く結婚し過ぎたことだったろう。勉強もやめ、造反もやめ、郷里に帰ってすぐに結婚してしまったからだ。結婚した年には、まだ十八にもなっていなかった。彼はこの原因を恨まず、運命としてあきらめることにした。運命によってこれこれと決まってしまったことだから、後悔したり残念に思ったりする必要はなかった。

ただ、あの出世した同級生たちのことはうらやましいと思っていた。彼らは港のある大きな町にいて、見聞も広かったし、いい思いをすることも少なくなかった。人がいい思いをしているなら、彼もそれについていい思いをしてもいいだろう。町に行けば、泊めてもらうくらいの場所はあるのだ。同級生がいい暮らしをするようになっても、老田《ラオティエン》は自分の境遇について卑屈になってはいなかった。まさしく任子午《レンズーウー》が言ったように、彼には他の人よりよい点もあったのだから。

娘は見る見るうちに成長し、大人びていった。田舎でよくやる方法で娘に対処しようとしても、おそらく何の効果もなかったろう。この方法は四脚坪《スージアオピン》でも誰一人として功を奏したのを見たことがなかった。大方の人は自分の息子や娘が遠くへ行ってしまうことを望んでいなかったのだが、結果的には蜂の巣じゅうの蜂がすっかりいなくなってしまった。田舎流の考え方とやり方がすでに何の効果もなくなってしまったとなれば、老田《ラオティエン》は町の人の考え方を聞く必要が出てきた。みな中年になっていたから、気掛りなのは子女のことばかりだった。ここまで育ててきたのだから、さらにかまおうとするのも、しかたないことだろう。

老田《ラオティエン》は妻に言った。

「おれが出かけている間のおまえの任務は、娘をあのあそこがぐちゃぐちゃになった二人と接触させないことだ。どんなことがあっても接触させてはいけない」

妻が言った。

「あんなに大きくなった子を、まさかズボンのベルトにしばりつけておくわけにもいかないでしょ」

「いや、ズボンのベルトにしばりつけておくんだ！」

老田《ラオテイエン》がそう言うと、妻はもう何も言わなくなった。老田《ラオテイエン》は家の中で、とりわけ妻の前では家父長制をしいていて、威厳があった。一度言ったことは絶対なのだった。この点では老田《ラオテイエン》は、町で仕事をしている同級生たちよりまさっていた。あのたくさんの給料を手にしている同級生たちは、十中八九妻を恐れているのだった。

今回出かけるのは、親戚を回り友人を訪ねるという純粋な目的からだった。老《ラオ》田《テイエン》はきちんとした格好をして行かなければと思った。妻が背広を出してきた。老《ラオ》田《テイエン》はいい背広を持っていた。何年か前、町に行った時、任子午《レンズーウー》の妻が彼に買わせたものだ。彼女がその部門の責任者になっていて、何割か値引きしてくれたのだった。老田《ラオテイエン》は何度か着てみたが、野良仕事をするのに不便だったので、ほっぽっておいてもうだいぶたっていた。今着て鏡で見ると、服はますます結構なのだが、人はますます醜くなっていた。痩せこけて黒くなり、背広と鮮やかなベージュのネクタイにいよいよ合わなくなっていたのだ。老田《ラオテイエン》はそこでジャンパーにかえてみると、少しは似合うようだったので、鎮に行ってバスに乗った。

バスに乗って、まず地区の町に行った。

地区の町に着くと、真っ先に任子午《レンズーウー》の家に行った。彼は栄転して二年たっていたが、老田《ラオティイエン》ははじめてその家の門をくぐるのだった。任子午《レンズーウー》とは同郷同年同級だったから、まず最初に彼の家に行くのが筋だった。

任子午《レンズーウー》は出世していた。地区の町に来てからはもう行政の仕事から離れ、官を後ろ盾にしているため、儲かるばかりで損をする恐れのない会社の社長になっていた。今一番儲かる不動産、建材などを扱っていて、その下には三つの子会社があり、妻がそのうち一つの会社の社長をやっていた。老田《ラオティイエン》は中へ入っていったが、任子午《レンズーウー》の妻が出てきたのがまったくわからなかった。彼女は胸元が広く開いた薄いシルクのネグリジェを着、濃い眉にアイシャドウ、真っ赤な唇で、頭には一尺くらい立ち上がったパーマをかけていた。最初老田《ラオティイエン》は、家を間違えたのかと思った。次に任子午《レンズーウー》が情婦を囲っているのかと思った。おどろきいぶかしがっていると、任子午《レンズーウー》の妻は大きな声で笑って言った。

「老田《ラオティイエン》、あんた、わたしがわからないの？」

老田《ラオティイエン》はそれでようやく彼女だと気づいた。女は老田《ラオティイエン》に、本当に彼女が誰だかわからなかったのか？　とたずねたので、老田《ラオティイエン》は本当にわからなかったと答えた。女は手をたたいて笑って言った。

「それはわたしが昔みたいじゃないってことね。わたしもまだ若いんだわ」

老　田《ラオティエン》はたしかにそうだと答えると、女は言った。

「もしほかの誰かがわたしをほめたのなら、おべんちゃらを言って、わざとわたしをからかうか、おだてようとしているんだと疑うのだけれど、老　田《ラオティエン》が言うのならほんとなのね。わたしは信じるわ」

そう言ってすっかり上機嫌になって老　田《ラオティエン》をもてなした。たばこに火をつけたり、果物をむいたり。そしてもう一つの部屋を指さしながら言った。

「今度は老　田《ラオティエン》が来ても、この客間にベッドを作る必要がなくなったわ」

任子午《レンズーウー》の家の部屋の中の絢爛豪華《けんらんごうか》さは、映画に出てくる御殿と同じだと見て取ると、少し場違いな感じがして、老　田《ラオティエン》は自分にどこか汚いところがあるのではないかと思って下を見、振り返ってみると、入り口にスリッパが置いてあった。まったく気づかずに、革靴をはいたまま上ってきてしまったのだ。急いで戻って靴を脱ぎ、スリッパにはきかえ、その女に言った。

「これだけ金持ちになると、この老　田《ラオティエン》のことがいやになってしまうだろうな」

「何であんたをいやになったりするの？　わたしが任《レン》社長からくびにされたら困るじゃないの」

そんなことを言っていると、家政婦が料理の材料の入ったかごをさげて入ってきた。女が言った。

「老任《ラオレン》は今日あんたが来ると知って、地区にいる同級生たちを招いて歓迎会をやろうというのよ」

この時、老田《ラオテイエン》の心の中はちょっと熱くなった。任子午《レンズーウー》の地位は大きく変わったが、彼は昔なじみを見捨ててはいなかったのだ。こういうことはなかなかできないことだ。何といってもいっしょに大きくなった仲間だから。

任子午《レンズーウー》が会社から戻ってきた。二年前に見た時より腰のあたりが一尺あまりも大きくなっていた。任子午《レンズーウー》が転勤になった時、老田《ラオテイエン》は県城まで送っていった。その頃老《ラオ》田《テイエン》は、滋養のためによい烏骨鶏《うこっけい》を飼育していたので、四羽選りすぐって任子午《レンズーウー》に届けたのだった。任子午《レンズーウー》は入ってきて老田《ラオテイエン》を見るなり、昔なじみが久しぶりに再会した時の挨拶すらもなく、老田《ラオテイエン》にたずねた。

「おまえ、何を持ってきた？　あの年、おれの転勤の時には四羽の烏骨鶏だったよな」

「今おまえは何だって持ってるじゃないか。おれはこの口を持ってきただけだよ」

「そう、それでこそ、老田《ラオテイエン》だ」

そしてすぐに続けて言った。

「ちょうどおまえに手紙を書こうと思っていたところだ。おまえにここでおれの仕事を手伝って、部門の責任者になってほしいんだ。おれの事業も大きくなったが、ほんとに気心の知れたやつがいない。今時のやつらは、へんに小賢《こざか》しいのばっかりで、忠義一途なのが少ないんだ」

「会えばすぐに商売の話か」

少しとがめるような口調だった。任子午《レンズーウー》は長い髪が数本残っているだけの頭のてっぺんを撫でながら、笑って言った。

「おれは商売のためにすっかり頭がおかしくなっちまったよ」

「おまえはますます盛んになって。この家を見ろよ、まるで御殿じゃないか」

「おれが今やっている仕事は、まったく馬に乗っているのと同じさ。馬の背中に乗っていれば、たしかに見栄えはいい。でも乗ってしまったら、いざ下りようとしても下りられない。どうしようもないんだ……」

話をしていると、家政婦が塀に沿って灯りをつけていった。窓の外の通りも輝きはじめた。招かれた同級生たちが夫人を連れて次々と集まってきて、ひとしきり挨拶をした。みんなの意見は一致していた。老田《ラオティエン》のおかげがなければ、みんなが集まることは難しかったろう。とりわけ、任子午《レンズーウー》社長のごちそうになれなかったろう、と。それには少しばかり怨《うら》みがましいような、皮肉を言うような感じがあった。任子午《レンズーウー》はそれを察して、また例の「乗馬」についての説明をしようとしたが、みんながやがやしている中で言い出せなくなっていた。

任子午《レンズーウー》はそこで台所にもぐりこんで、どんな料理が出るか聞きに行った。大いに罪ほろぼしをしようとする気持ちを、料理によって示そうとしたのだ。が、結果はありきたりの鶏、あひる、魚、肉にすぎなかった。任子午《レンズーウー》は、料理がよくないから、外へ食べに行こうと言い出した。しかし、やはり家で食べた方が、話がしやすいからと言って、それにはみんなそろって反対した。任子午《レンズーウー》は台所の監督をするよう妻に言い付けると、秘書に電話をして、ホテルに何種類かの海鮮料理を注文するよう命じた。

話をしているうちに、食事の支度も整った。みんな遠慮なしに卓を囲み、酒を飲み、おしゃべりをし、大いに盛り上がって、この食卓でずっと夜の十時まで食べ続けた。食事が終わると、任子午《レンズーウー》はますます意気盛んになり、みんなでダンスホールに繰り出して遊ぼう、踊るやつは踊ればいいし、歌うやつは歌えばいい、と言い出した。みんなは反対した。歌うなら家で歌えばいい、と。

ステレオもカラオケも任子午《レンズーウー》の家にはちゃんとあった。機械のスイッチを入れ、みんなでナツメロを歌いはじめた。いずれもあの頃骨身に刻まれた歌ばかりだった。老《ラオ》田《ティエン》ももちろん歌った。歌は文革中の「北京の金山の上」とか「毛主席の本が一番好き」などだった。当時、彼は学校の宣伝部隊の隊長だった。その場にいた者の大部分は、その頃の彼の隊員だった。歌えば歌うほど、老田《ラオティエン》は自分の低い身分を忘れてゆき、まるで昔に戻ったようだった。お開きになった後も、彼はベッドの中でなかなか眠れず、一つ一つ、あの過ぎ去った年月を思い出していた。一個の農民として、二十年来考えたこともなく懐かしく思ったこともなかったあの頃のことを。

その晩、老田《ラオティエン》は、地区の町へみんなに会いにやってきた主な目的について話した。しかし、この議題はすぐに片づいてしまった。みんなの意見は一致していた。

「娘を決して南に行かせてはいけない」

ある同級生などははっきりこう言った。

「もし娘が器量よしでないのなら、広東に行っても問題はない。一生懸命お金を稼ぐだけの話だ。だが、もし器量がよかったら、行かせてはならない。十中八九よい結果はない」

みんなの意見は、この地区の町に来て何か仕事を探しては、ということだった。しかし、正式な就職は不可能だ。もし器量がよいのなら、任子午《レンズーウー》のところで面倒を見ようとのことだった。子午《ズーウー》はすぐにぽんと胸をたたいて、

「もうこの話はやめよう。娘をここへ来させればそれでいいじゃないか」

老田《ラオテイエン》にまだ何か言うことがあっただろうか？　これで心の中の重石が取れた。ここに子供を預けておけば、これだけたくさんの同級生たちが見ていてくれる。それなら自分のそばに置いておくのと同じくらい安心できる。

翌朝、任子午《レンズーウー》は食卓で老田《ラオテイエン》に言った。

「おれといっしょに会社へ行って、様子をよく見ておいてくれ」

「おれなんかが見て何になるんだ？」

「おまえにはおれの仕事を手伝ってもらう。娘もいっしょに来る、奥さんもいっしょに来る。住む家ならおれが何とかしてやる。おまえはおれの手伝いをしながら、娘を見ていることだってできる。それでいけないか？」

老田《ラオテイエン》は笑った。

「おまえは面白そうに言ってくれるが、おれのところだって一軒の家なんだ。そう簡単に来られやしないさ」

「何で来られないんだ？　毛主席はわれわれに『所帯じみたものは、かまわずどんどんぶち壊せ』と教え導いてくれたじゃないか。おまえのあのぼろ家にいったいどれだけの値打ちがあるというんだ？　デラックスルームのカラオケ二回分にもならない金額じゃないか。迷うことはない。来い。あの頃、おまえは班の中でほんとに有能だった。今だってまだ四十、働き盛りじゃないか」

ここまで聞いて、老田《ラオティエン》は鼻のあたりがこそばゆくなるのを禁じ得なかった。彼は自分が昔は輝いていたことをすっかり忘れていたのだ。

老田《ラオティエン》はすることもなく、何日か泊まって町の様子を見てゆくつもりだったので、任子午《レンズーウー》といっしょに会社に行った。会社の門を入ってからずっと、若い娘たちが「社長、おはようございます」と言って挨拶した。そして彼にも挨拶した。とても丁寧で、老田《ラオティエン》は見ていていい気持ちになった。

夜になると、任子午《レンズーウー》は何人かのお客さんを接待することになっているから、老《ラオ》田《ティエン》にもいっしょに来るようにと言った。老田《ラオティエン》は道すがら、どうして奥さんを連れてこないのかとたずねた。子午《ズーウー》は言った。

「こういう場合に、どうして彼女を連れてこられるんだ？　彼女が来たら、お客さんたちは窮屈じゃないか」

老田《ラオティエン》には、この「窮屈」というのがどういうことなのか、わからなかった。ダンスホールの中に入ってみると、もちろん赤い灯に緑の酒、老田《ラオティエン》は目が回りそうだった。老田《ラオティエン》は別にこうした生活にあこがれていたわけではなかったので、傲然《ごうぜん》と胸を張って、これらすべてを無視しており、田舎の人が町に来ると、頭がゆがんで見えるほどに慌てふためくようなことは、この新型の農民である老田《ラオティエン》の身には起こらなかった。貸し切りの部屋に入ると、任子午《レンズーウー》の秘書が先に来て待っていた。この秘書は目鼻立ちがすっきりしていて、こざっぱりした服を着、薄く化粧をしていた。前日の夕食に海鮮料理を届けてきた時、老田《ラオティエン》は会っていて、印象は悪くなかった。会ったことがあるせいか、秘書は彼のことを親しげに「老田《ラオティエン》」と呼んだ。任子午《レンズーウー》は老《ラオ》田《ティエン》に秘書を紹介した。大学出であり、英語もよくできるとのことだった。

間もなく、お客さんたちがやってきた。四人の男たちで、みな同じように背広を着、革靴をはき、一風変わった香りが鼻をついた。任子午《レンズーウー》はお客に老田《ラオティエン》を、農村から来た同級生だと紹介した。お客の一人が言った。

「農民企業家ですか？　それは結構。これからいっしょに仕事をする機会があるでしょう。どうぞよろしく」

そう言ってから、日本人のように深々とおじぎをした。老田《ラオティエン》はそれからまた一人一人と挨拶を交わしたが、自分は企業家などではないと言う機会を失ってしまった。

しばらくすると、色っぽく化粧をし、すらりと美しい女性たちが、旗袍《チーパオ》を着、太股を九十パーセントも露わにして、入れ代わり立ち代わり、たばこ、ジュース、ビール、お菓子、果物、おつまみなどを運んできた。その態度はとても丁寧で愛らしく、柔らかな細い声、香りと彩りが満ちあふれた。そしてこの狭い部屋の中を、瞬く間に温かな香りで染め上げ、人の心を限りない快適さと麻痺に誘うようだった。老田《ラオティエン》は、酔生夢死の境界というのはたぶんこういうところから入ってゆくのだろうと思った。

　お客たちは目の色をかえて女性たちをちやほやしはじめ、一人一人に名前をたずね、それから羽目をはずさない程度に彼女たちをからかい、色っぽい笑い声が盛んに起こった。任子午《レンズーウー》は一人の器量のよい娘を指さして老田《ラオティエン》にたずねた。

「おまえの娘はあの娘と比べてどうだ？」

「もっと背が高い」

「スタイルは？」

「もっとひきしまっている」

「容貌は？」

「甲乙つけがたい」

任子午《レンズーウー》は手をたたいて言った。

「よし、いいぞ。だったら一番高級なダンスホールのトップにだってなれる」

話していると、誰かがカラオケのリモコンスイッチを入れ、曲を選んで歌いはじめた。みんなすぐに歌の順番の中に入っていった。歌うにつれ、みんなネクタイをはずし、洋服のボタンをはずし、羽目をはずすようになってきた。芸術の境界なるものはひとたび入り込むと、人にわれを忘れさせるのであろうか。これは老田《ラオティイエン》にも経験があった。

この時、老田《ラオティイエン》は、しきりに出入りする娘たちに、お客が目くばせするのを見た。それから手が娘の白い太股へと伸びていき、体がいつの間にか娘の方に倒れかかっていくのも見た。十元、あるいは五十元の紙幣を小さく折り畳んで、娘の手の中や旗袍《チーパオ》の合わせ目につっこみ、その手が青春の胸の上を撫でてゆくのを見た。老田《ラオティイエン》が任子《レンズー》午《ウー》の方を見ると、片手にマイクを握り、もう一方の手ではテーブルの下でしっかり女秘書の小さな白い手を握っていた。秘書は顔を赤くしてテレビの画面に見入っていた。

老田《ラオティイエン》はこの時になって、来る時の、妻を来させるわけにいかない、と言った任子《レンズー》午《ウー》の言葉を思い出した。子午《ズーウー》というやつは、ずいぶんと遊び人だった。老田《ラオティイエン》は思った。もしこれ以上みんなの動作を見ていたら、自分の場違いさが表にあらわれてしまう。町の人とまったくちがうのが目立ってしまう。老田《ラオティイエン》は視線をテレビの画面に集中させていた。

これはいったいどういうことなのだろう？　世の中の風潮がこんなふうになってしまったのだ。金が増えて人が暇になれば、決まってろくでもない事件が起こるものなのだ。だが、任子午《レンズーウー》の方を見ると、何だか心の底から楽しんでいるようではなかった。みんな農村から出てきて、苦労した連中なのだ。さらによく考えてみれば、こういうわけだ。社長になって、神経をすりへらしてまで金を儲け、事業を発展させるのが、もしただひたすら金のためだけだとしたら、どうしてそんなに忙しくする必要があるだろうか？　どうしてもほかに何かを望むとしたら、世間であれこれやっている人は、おのずと女色が避けられなくなる。これは今や不思議でも何でもないことなのだから、子午《ズーウー》ばかりをとがめるわけにもいかない。

そう考えると、老田《ラオティイエン》も落ち着いてきた。みんな歌い疲れていたが、老田《ラオティイエン》だけがまだ歌っていなかったので、みんなは老田《ラオティイエン》に歌えと言った。老田《ラオティイエン》は流行歌を歌うことはできなかったが、「紅太陽」の類の歌なら後ろからでも歌うことができた。声をはりあげて歌うと、ほかの誰より上手だった。かの女秘書などはとびあがって老《ラオ》田《ティイエン》のために喝采した。ほんとに教養のレベルが高く、芸術の鑑賞能力を持っているのは彼女なのだ。残念ながら、虎が平地に落ち、竜が浅瀬に置かれたように、彼女も仕方なく秘書をやっているのだ。

「まったく人は見かけによらないものだ。農民企業家にも本当に人物がいるんだなあ」

と言うお客がいれば、ほかのお客は、

「老田《ラオティエン》は大いに出世して、これから陳永貴(文化大革命中、大寨の農民指導者から国務院の副総理になった人物)になるよ」

そう言うとみんなどっと笑った。

こんなふうに、夜中の一時まで騒いだ。秘書は電話を掛けて車を呼んだ。任子午《レンズーウー》はお客を送るよう命ずると、自分は老田《ラオティエン》といっしょにぶらぶら歩いて帰った。そう遠くはなかった。外へ出ると、老田《ラオティエン》は子午《ズーウー》にたずねた。

「今夜の部屋でいくらくらいかかったんだ?」

「それは聞かないでくれよ。悪く受け取られるといけないからな」

老田《ラオティエン》はたずねるのをやめた。その数字は彼が聞いたら、おそらく耳ざわりなものだったろう。またたずねた。

「うちの娘をおまえに預けたら、こんなところにやるつもりか?」

「こういうとこのどこが悪いんだ? 昼間は休み。夜に四、五時間の仕事。高給。それに疲れない。就職できない大学生で、やりたがってるやつもずいぶんいる。おまえの娘は学歴もないし、事務ができるわけでもない。外国語に通じているわけでもない。秘書になったり、事務をしたりというのはぜんぶだめじゃないか。それとも工場で働くか？　食堂のウエイトレスか？　彼女じゃ三日ももたないだろう。毎日何時間も働かされ、辛くて、疲れて、それでいくらにもならない。工場はそのうえすぐ倒産する」

老田《ラオテイエン》はさらに娘のことを話そうとしたが、任子午《レンズーウー》はきっぱりと話をかえた。

「おまえ、おれのあの秘書のことをどう思う？」

「おれはすぐにおまえと彼女の関係がわかったぞ」

「それならいい。おまえもまだ鈍《にぶ》ってないな」

それから彼の艶史と苦悩とを滔々《とうとう》と語った。問題の中心は、あの秘書は今彼のことが好きで好きで、気が狂ったようになっており、たとえ一生待ったとしても彼以外のところには嫁に行かないと言っている。しかし、彼としては糟糠《そうこう》の妻をけとばして勝手に追い出すわけにもいかず、それで進退きわまっているということだった。彼が老《ラオ》田《テイエン》にそんな話をするのも、別に老田《ラオテイエン》の意見を求めてのことではなかった。この色恋の世界の遊び人にすら答えが出せないでいるのに、一個の農民にそんなうまい解決方法が見いだせるはずがないではないか？　彼はただ気のおけない友人をさがして、心をふさいでいるこの話をし、ちょっと楽になろうとしただけのこと、あるいは自分に女がいることの喜びをほかの誰かに分けてやろうとしただけだったのかもしれなかった。一キロにも満たない距離だったが、彼らは歩いたり立ち止まったりして話し、家に着いた時にはもう三時十五分になっていた。

地区の町から帰る時、老田《ラオティエン》はここに娘を来させるわけにはいかないと決心した。ダンスホールで働くのも広東に行くのも同じことであり、遅かれ早かれ問題が起こるだろう。地区の町での数日間の視察の結果、娘にやることができ、喜んでしようとするのは、おそらくこういった稼業だろうということがわかった。娘は苦労のできない人間だった。苦労ができるくらいなら、たとえ彼女程度の頭でも、とっくの昔に上の学校に進んでいたはずだ。

老田《ラオティエン》は地区の町からの帰り、今度は県城に立ち寄った。県城の同級生も老田《ラオティエン》の娘のことをまじめに議論してくれた。これだけ多くの同級生の目から見ても、老《ラオ》田《ティエン》の形勢は少しばかり不利だったが、みんな本気で彼を助けてくれた。県城の同級生たちの目にはロマンが少なく、現実味が少しばかり多かった。

あれやこれや議論して、三つの統一意見が出された。一つ、広東にはどうあっても行かせられないこと。二つ、地区の町へも行かせられないこと。三つ、一番よいのは、少し投資をし、鎮に店舗を借りるか屋台をさがすかして、容《ロン》に何かをやらせること。農村にはいられなくても、鎮なら家からも近く、朝晩面倒も見られる。文化的な生活にも事欠かないし、店をやれば収入もある。そうすればおそらくその娘を引き留められるのでは、ということだった。

老田《ラオティエン》も最後にはその方針を取ることにした。資金を集め、鎮の関係各方面に付け届けをして渡りをつけ、よい場所を確保して、娘の心をつかむ。稼ぎが多いか少ないかなどはどうでもよかった。

家に帰って容《ロン》に話すと、容《ロン》は喜んで同意した。それに続いてあれこれさまざまなことがあり、間もなく容《ロン》は喜色満面、鎮の一等地で店のオーナーになった。仕立て屋の仕事で、汚れず、疲れず、体面をけがすこともない商売だった。朝バイクに乗って出かけ、夜には帰ってくる。毎日収入があり、喜んで老田《ラオティエン》夫婦に話して聞かせた。

老田《ラオティエン》は言った。

「父さんも母さんもおまえの稼ぎをあてにしているわけではない。しっかり貯めておいて、さらに商売を発展させればいい」

言外の意味は、おまえが広東に行きさえしなければ、無垢の身を保つことができ、いずれ結婚して子供を生み育て、それで父母の責任が果たせるということだった。老田《ラオティエン》はまた、彼女の小さな店が開店し、爆竹を放っている時、あのあそこがぐちゃぐちゃになった双子がまたうちそろって南の方に行ってしまい、もう容《ロン》を誘いに来なくなったという話を聞いて、心はさらに落ち着いたのだった。

光陰矢の如し。一家は平穏無事であり、老田《ラオティエン》の心配事も完全になくなった。地区の任子午《レンズーウー》が手紙をよこして、どうして娘が来ないのかとたずねてきた。老田《ラオティエン》は何とかかんとか適当に返事をしておいた。彼は現状に満足していて、子女に高望みをしようとは思わなかったからだ。

涼しくなった頃、容《ロン》は、雨や雪になったら、バイクに乗って通うのはたいへんだから、店に泊まり込むことにして、食事は外で食べればよい、高くもないから、と言った。老田《ラオティエン》は同意した。しかし、間もなく事件が持ち上がった。何と恋人がいたのだった。恋人ができれば、自然家の者にはそっけなくなることに、老田《ラオティエン》は思い当たった。容《ロン》は間もなく恋人を家に連れてきた。それは鎮のある家の若者で、休職してトラックを買い、運転手として運送の仕事をしていた。見たところ誠実そうであり、技術もあったので、老田《ラオティエン》の第一印象は悪くはなかった。慎重を期すため、老田《ラオティエン》は人に頼んでその家について調査したが、回答は悪くなかった。

しっかりした人物だと言うので、老田《ラオティエン》はとりたてて言うこともなく、彼らの好きにさせておいた。二人はすぐにいっしょになるものと思った。今時の若者たちはそんなこともまったく気にしないのだが、やはり先にお腹が大きくなってそれから結婚するのでなければよいと思った。老田《ラオティエン》は伝統的な結婚に好感を抱いていた。新郎は本物の新郎であり、新婦も百パーセント生娘として新婚の初夜を迎える。それは見る者にたしかに「新」という感じを抱かせるもので、こうした結婚には少しの不純物もなかった。しかし、今時どこにそんな美しい話があるだろうか？　こんなふうにして老《ラオ》田《ティエン》は思わず知らず、世の中の風潮を憂うるようになったのだ。

容《ロン》とその若者はしょっちゅう行き来し、いっしょに出入りして、はなはだ親密だった。老田《ラオティエン》は大家長の態度でもって、彼らを避けていた。若者たちが彼の目の前で親しそうにするのを恐れていたのだ。

しばらくたって、老田《ラオティエン》は妻にたずねた。

「あいつらはいっしょに寝たのだろうか？」

「まともなことは聞きもしないで、そんなへんなことばかり聞くんだから」

「おれは、あいつらが寝たかどうかと聞いているんだ」

「家に泊まった時には、別々に寝ていたけど、鎮に泊まる時には、わからないわね」

老田《ラオテイエン》は妻に言い付けた。

「鎮で働いている四脚坪《スージアオピン》の妹分のところへ行って、あいつらがどこまでいっているのか調べてもらえ」

妻はぶつぶつ言った。

「あんたもまあ、何を聞いたっていいけれど、よりによってそんなことを聞こうなんて」

「おまえはどんなに小さなことをさせても、つべこべ言うんだな」

妻は黙った。

一カ月後、妻は老田《ラオテイエン》に言った。

「二人はまだベッドには入ってないみたいよ」

「それは本当だろうな?」

「本当よ」

その時、老田《ラオテイエン》はため息をついて言った。

「おれは実はあいつらが早くくっついてくれればいいと思ってるんだ」

妻はびっくりして、

「あんたはどうしてそんなことを考えるの？　あんたはまさか娘のお腹が大きくなるのを望んでるの？　家の娘は、そんなにはすっぱじゃないわよ」

「妻というものは、髪は長いが、思慮は短い。何にもわかっちゃいないんだな」

何か起こりそうな予感がしたのだった。

しばらくして果たして事件が起こった。

まずある人が告げに来た。容《ロン》が店を閉めて、あの若者のトラックに乗って広東に行ってしまったと。

老田《ラオティイエン》はすっかり落ち込んでしまい、黙って祈った。ただ荷物を運びに行っただけであるように。

五日後、その若者の車が戻ってきて、顔を泣きはらしながら報告した。容《ロン》は広州に着くやいなや、一片の書き置きを残してどこかへ行ってしまった。若者はすっかり慌てて、広州市じゅう丸一日捜し回ったが、結果はやはり空手で戻ってきた。人の山、人の海、いったいどこへ捜しに行けばいいのだ？　若者は書き置きを老田《ラオティイエン》に手渡した。

親愛なるみなさんへ。わたしを捜さないでください。父母に言ってください。どうかわたしの心配をしないで。容《ロン》。○月×日。

老田《ラオティイエン》は鬱々として言った。

「あんたには関係ないことだ。あんたはまた遊びに来るといい」

妻は慌てて涙が糸を引いていた。老田《ラオティイエン》をせかして、

「あんた、何をぼんやりしているの。早く広州へ捜しに行かなくちゃ」

老田《ラオティイエン》は言った。

「捜せっこないし、もし見つけて連れ戻したとしても、きっとまた出ていくだろうさ。今の若い者は病気だ。どうしたって行きたいんだ。行きたいと思わなくなれば行かないさ。金が目的で行くやつもいるが、何が目的なのかわからないやつもいるんだ」

過ぎし日は語らず

ものごころがつく頃から、私は土地の人に一目置かれていたのを覚えている。大人は私を大事にしてくれた。子供たちも私を大事にしてくれ、遊ぶ時にはいつも自分が真ん中にいて、いじめられたりしたことはただの一度もなかった。それはなぜだろうか？　そのへんの事情がわかる年頃になると、すぐにそのわけがわかった。それは私達の家が、あまり遠くない過去において、この貧しい山の村で、一個の名族と思われていたからだ。

当時、私達の家では肉屋と雑貨屋を開いていろいろな物資を供給し、さらに染め物店もやっていた。私の家は、当地のショッピングセンターだったのだ。屋号を「順《シュン》昌《チャン》」といった。今でも私の家のある場所はみんなから「順昌里《シュンチャンリ》」と呼ばれている。このように呼ばれてだいたい百年くらいにはなるだろう。

「順昌《シュンチャン》」が盛んになったのは、私の祖父の力によってである。聞くところでは、私の祖父は人並みすぐれた才能を持ち、山地人ながらわびしい暮らしに甘んずることなく、小さい時から外に出て商売をしていた。やがてよそで自分で決めて、山地の人から見れば花のようにも玉のようにも見える女性を連れて戻ってきた。彼女が私の初代の祖母になったのだ。

祖母は金持ちのお嬢さまであって、纏足《てんそく》をしていた。それは山地の女性たちがみな死ぬほどうらやましがった纏足だった。ただお金持ちのお嬢さんだけがこれほど美しい纏足をすることができた。山の中で仕事をして、山に登ったり峰を越えたりしなければならなかった女性たちは、その足を美しくすることができなかったし、たとえ誰かがそのような努力をしてみたところで、彼女くらいすばらしく精巧な足にするのは難しかっただろう。

祖母はもちろんそのうえ財産を持ってきた。祖父はそれによって代々伝わってきた家を建て直し、商売を拡げた。しかし、祖母は「美人薄命」の悪運にみまわれ、まだ祖父のために跡継ぎを生まないうちに、急に紅顔を枯れ衰えさせ、亡くなってしまったのだった。

私達は次なる祖母の末裔《まつえい》である。血のつながった祖母も、やはり纏足をしていた。初代の祖母の美しさには遠く及ばなかったものの、知識と識見に富んだ人物で、家の財産の管理ができ、老祖父を助けて「順昌《シュンチャン》」を十分に盛りたてた。

祖母は賢く忠義心があって、「順昌《シュンチャン》」で豊かな暮らしをしながらも、今は亡き先妻の創業の功績を忘れることなく、ことあるごとにその亡くなった美人のお祭りをしようとした。月の一日、十五日、また節季ごとに墓参りに出かけ、子孫にもそうするよう求めたのだ。

何十年か後、彼女は八十歳の高齢で亡くなった。先妻といっしょに埋葬してほしいとの遺言だった。私のものごころがついた頃、それは一列に並んだ三つのお墓だった。祖父が真ん中、左右に二人の夫人、そろって分け隔てなく子孫のお参りを受けていた。その後お墓はほかの場所に移されたが、三人の骨を一つの壺に入れて一つの墓に納め、大きな碑を立てた——もちろんそれだって何十年も前のことだ。

私が公立の小学校に通って勉強をはじめた頃、家には私塾が設けられていた。私塾で勉強する学生も十人くらいはいた。だいたいは近くの家の子供で、ちょっと遠いのは自分で昼飯を持ってきて、私の家で温めて食べていた。その当時は、私とあまり年の違わない子供たちが、どうして新学校に行かないのかわからなかった。何年かたって父にたずねてみると、父は言った。

「それには二つの理由がある。一つは山里の暮らしがきびしく、公立学校のわずかばかりの学費でさえも出せないから。二つ目は、旧習を守っていて、新学校のよさがわからず、私塾で勉強するのが伝統だったから」

　後になって、学校の場所として私の家が選ばれたことにも、二つの理由があったのを知った。一つは、私達のところでちょっと広い建物といえば、「順昌里《シュンチャンリ》」をおいてほかになかったからである。私の祖父の財産は、解放（一九四九年）の五、六年前には完全に底をついており、解放の時、私の家は下層中農と評価された。だから農会（農民協会。解放後、土地改革の執行にあたった）としても、家の母屋を壊したり、他の人に分け与えたりといったことは考えなかった。人々も「順昌里《シュンチャンリ》」に怨《うら》みを持っていなかった。年輩の人たちはみな、私の祖父と二人の祖母のことを天下の大善人だったと言って讃《たた》えていた。どうして私などの世代に至るまで、この土地で一目置かれたのだろうか？　それはやはり先祖が蓄えた徳のおかげで、私達までもが大家の子孫ということになっていたからだ。

　二つ目には、私の初代の祖母が亡くなった時の遺言のためだった。彼女はこの山の村に学校を作ろうとしていたのだが、その志を果たさないうちに若くして亡くなってしまった。後にもいろいろな原因によって彼女の願いを実現することができずにいた。ところが、五〇年代のはじめ、この土地に、ちょうどよい私塾の先生があらわれた。

先生は私立の学校を開こうと願っており、村の人もそうした願いを持っていた。私の祖父と父は積極的にそれにこたえ、部屋を無償で提供することにしたが、それには祖母のあの世からの願いを実現させる意味もあったわけだ。

私塾の先生は湯《タン》先生といった。彼はこの土地のお役人たちがとても尊重している人物だった。解放前にはよそで詩書を十分に勉強し、県長になったこともある。しかし、県長の椅子にはわずか半年座ったばかりで、紅旗が長江の南北に翻った。彼はまだ悪いことをする暇もなかったのに加え、誠意をもって投降したために、銃殺もされず、監獄送りにもならず、少しばかり学習した後、人民政府が彼に仕事を与えた。しかしどういうわけかわからないが、また郷里に帰されてしまった。彼は死んだ虎になったのだ。

しかし、虎は死んでも威厳を失わない。郷里の人々はやはり彼を重んじた。その腹一杯の詩文には注ぎ込まれる場所、つまり教える相手が必要だったし、生計を立てる必要もあったので、私塾の先生になり、学生から柴、米、油、塩を集めて、口を糊することにしたのだ。

村にいた妻は早くに亡くなっており、一人息子がいた。その息子は強度の近視で、私の家から二十里（十キロ）ほど離れたところの洞窟に住んでいたが、とっくに行き来も絶えているとのことだった。

先生はよそに後妻がいた。後妻は、先生より十も二十も若いという話で、やはり一人息子がいた。しかし、中国革命成功の銃声が響き渡るや、その女性は彼の元を離れ、新中国の一隅の長沙の町で革命の仕事に携わることになった。このために、湯《タン》先生はかっかし過ぎて頭に血が上った結果、片脚が不自由になってしまった。彼が郷里に帰った時には、片方の足をひきずって杖をついていた。その近視の息子が連れ帰ってきたのである。

しかし、片脚の不自由な湯《タン》先生は色白で、額は円く顔は角張り、銅の鈴のような声、眼はらんらんと輝いていて、とても威厳があり、かつて半年の間県長をつとめた好漢の名に恥じなかった。先生の教え方はとても上手で、学生は彼に対して畏《おそ》れをもって接した。教鞭《きょうべん》でたたかれるまでもなく、どの子供もはっきり書物を読み上げ、字もきちんと書いたのだった。私塾は、開かれるやとても繁昌し、公立学校で勉強していたのに、家長の命によって、無理矢理ここに転校させられる子供もいたくらいだった。

私は夏冬の休みになると湯《タン》先生の元で勉強を習い、それ以外の時には新学校で勉強していた。もちろん『三字経』からはじまって、『幼学瓊林《けいりん》』などの普通の読み物を読むところまでだった。湯《タン》先生は私にとてもやさしかった。それは決して先生が私の家に住んで手厚いもてなしを受けていたからではなく、文章を暗唱したり字を書いたりする時、私の呑み込みが、おそらくほかの学生より少しばかり早かったからだ。

夜になるとほかの学生はみんな帰ってしまい、私一人だけが残った。湯《タン》先生は私や家人といっしょに夕涼みをしたり火にあたったりしながら、学問の話をした。そうした話は私にとって面白くもなく、今となっては何一つ思い出せない。家人は先生を呼んできて、彼が勉強し、故郷を出て、役人になった経歴について語ってもらおうとした。それは私が聞いていても楽しい話だった。しかし、彼は半句も語らないうちに、いつも話題を変えてしまうのだった。

暇な時、先生は杖をついて家のまわりを散歩した。顔をあげて連なる山の峰をながめながら、口でぶつぶつ詩を吟じていた。散歩から帰るといつも、毛筆でもって細かな楷書で黄色い紙に詩を書き留めるのだった。一枚一枚、詩は日毎に厚くなっていった。私はそうした詩は読んでもわからなかったし、私の家にも詩がわかる者はおらず、この土地に彼の詩を興味を持って読もうとする人はいなかった。

先生の例の二十里の彼方に住む、最初の妻が生んだ息子が、しばしば彼を見にやってきた。息子は四十にはなっていただろう。もし孫がいたとしたら、それも十や二十にはなっていたはずだし、息子の嫁やなんかもいたにちがいない。だが、これまで息子以外の家人が先生を見にやってきたのを見たことはなかった。

近視の息子は何かを持ってきて、それから眼を細めて部屋のにおいをかぐと、すぐに帰っていった。息子が来ても湯《タン》先生はとりたててうれしそうな表情をしなかった。親子二人で別に話もないようだった。ご飯時になっても、ご飯を食べてゆけと言うわけでもなく、息子はすぐに帰っていった。私の母が見ていて気の毒に思い、近視の息子に食事をしていけと言ったこともあるが、彼はどうしても食べようとせず、手ぶらで帰っていった。

湯《タン》先生は決して私の家でいっしょに食事をしようとせず、自分一人でご飯を作って食べていた。部屋の中にれんがを三つ置いて、上に鍋をつるし、ご飯もおかずも鍋の中に入れ、ご飯が炊ければおかずも煮えた。毎度の食事が一菜だった。ただ新年や節季の時だけ私の家で食べ、また学生の家の家長が迎えに来て食べに行った。その時、彼は非常に機嫌よく、声を掛ければすぐにやってきた。別に手みやげを持って行くわけでもなく、こう言ったものだった。

「正月や節季に、学生が先生を招くのは当然のことじゃ」

彼はこうした時に学生の家でごちそうになるのは、天地にかけて正しいことだと考えていた。しかし、普段の時にはどのように声を掛けても、決してどこの家にも行こうとしなかった。

湯《タン》先生は片脚が不自由ではあったが、何かをするのに誰かが手伝う必要はなかった。服やふとんもすべてきれいに洗っていた。ほこりが舞い込まないようにと、蚊帳も一日中つるしたままだった。県長の栄光はすでに去り、いつもつぎはぎだらけの服を着ていた。一着しかない上着にも、いたるところにつぎがあった。針仕事も自分でやった。私の母の評価によれば、並の女性では彼ほど上手な針仕事はできないとのことであった。県長にまでなったことのある人にこのようなつまらないことができるとは信じられない、と言っていた。それから母は私の父に話題を移した。

「あなたなんかまるでうだつがあがらないくせに、いばってばかりいて、ほうきが倒れても起こそうとせず、服がくれば手を伸ばし、ご飯がくれば口を開けているだけ。ごらんなさい、あの湯《タン》先生は何でもできるんだから」

父はため息をついて言った。

「人は賢ければ何だってできるんだ。おれは生まれつきばかだからな」

「こちらのおじいさまはどうあってもばかじゃなくってよ。商売をあれだけ大きく立派になさったじゃないの」

　父はまたため息をついて言った。

「ほんとに一代一代落ちてくる、というやつさ」

　まるで他人を評価しているようだった。

　父は今度は私の方に話題を移し、こう教えさとした。

「坊主、おれはおまえに、どんな具合に立派になれと求めるわけではないが、いつかおまえが湯《タン》先生みたいな能力を持ち、県長になって、それから退官したならば、おれも心から満足だ。おまえはだから一生懸命湯《タン》先生について勉強しろ」

　私は言った。

「湯《タン》先生のようになら、ぼくもなりたい。でもぼくの足を不自由にしようというのならいやだよ」

「湯《タン》先生だってわざわざ悪くなりたいと思ったわけではないさ」

　母が言った。

「あんたはこの子の足を不自由にしようっていうの？」

「まったくわからんやつだ。おまえには何を言ってもわからん。もちろんおれだって、湯《タン》先生のように人から尊敬されるにしても、不自由じゃない方がいいと思ってるさ」

湯《タン》先生の元を離れ、革命に参加して彼と「階級の陣営をはっきり分った」女性が、後になって湯《タン》先生のところへたずねてきた。女性が来た時、湯《タン》先生との間に生まれた一人の男の子を連れてきた。

その日、私はちょうど母親の実家に行っていたのだが、帰ってきた時にはもう村の人々は、湯《タン》先生の奥さんについてのあれやこれやの話でわきかえっていた。大きな町からやってきた女性は、私達のような貧しい田舎の村では、人々の目を大きく見開かせることに決まっていた。女性はどのようにすべきか、すべきでないか、どのようになったか、またどのようになるか？　私のような年端のゆかないものには何も基準がなかったので、別段面白いとも思わなかった。その女性は一晩泊まるとすぐに行ってしまった、たった一晩泊まっただけなのに、一晩中湯《タン》先生といさかいをしていた、と母はこぼしていた。何やら物をよこせと言い、湯《タン》先生が彼女に与えなかったので、翌朝早く帰ったのだった。

私にとって面白かったのは、私の生活に小さな仲間が加わったことだ。湯《タン》先生のこの小さな息子は村に留まり、その女性といっしょには行かなかった。

小さな仲間は鬱軒《ユーシュアン》といった。とても古くさい名前だが、湯《タン》先生は喜んで鬱軒《ユーシュアン》を私に紹介した。

「鬱軒《ユーシュアン》とはこんな具合に書くんじゃ」

そう言って、指をお茶でぬらし、テーブルの上に「鬱軒《ユーシュアン》」の二字を書いた。それから上を向いてゆっくり一首の詩を吟じた。

軒軒たる（空高く舞い飛ぶ）青田の鶴
鬱鬱として樊籠《はんろう》に在り

私はすぐその場で最初の二句を覚えてしまった。しばらくたった後、私はふと湯《タン》先生が吟唱した詩を思い出して、本棚に行って出処をあたってみた。するとそれは蘇軾《そしょく》の「僧恵勤《えきん》初めて僧職を罷《や》む」の詩だった。詩中のいたましい情調は、鬱軒《ユーシュアン》が生まれた頃の湯《タン》先生の落魄《らくはく》した心境にぴったり対応していたのだ。

鬱軒《ユーシュアン》はここに残ることになった。すぐに私といっしょに遊ぶようになり、村の中が好きになった。村の一切は彼には珍しいことばかりで、私が彼の先生になった。鬱軒《ユーシュアン》は新学校へは行かず、父親について勉強した。湯《タン》先生は彼の大きな息子も含めてほかの子供にはきわめて厳しかったが、鬱軒《ユーシュアン》のことは甘やかし、可愛がっていた。鬱軒《ユーシュアン》が文字を書いて、紙や手を墨だらけにしても、先生はそれをとがめようとしなかった。ほかの学生や私がそのようなことをしたら、ひとしきり厳しく叱られるところだったのだが。ある時、鬱軒《ユーシュアン》が私と外へ遊びに行き、転げ回って全身泥だらけになって帰ったことがあった。先生はそれでもとがめなかった。ただ、服を着替えさせながら言った。

「鬱軒《ユーシュアン》や。ほかの誰かなら服を汚しても、姉さんが洗ってくれるじゃろう、母さんが洗ってくれるじゃろう。おまえが汚したら、このわししかおらんのじゃぞ。わしは六十にもなるし、そのうえ足も悪いんじゃ。この父さんのことを考えてくれんのじゃからなあ。ほんに……」

湯《タン》先生は鬱軒《ユーシュアン》の言うことは何でも聞いてやり、何でも大目に見ていた。

私は鬱軒《ユーシュアン》にたずねたことがある。

「また町に帰っちゃうの？」

「おそらくね」

「お母さんが恋しくない？」

「恋しかったり恋しくなかったりだね」

「父さんは君によくしてくれるの？」

「ぼくはむこうでも父さんのことを思っていたよ。あんなに年をとって、死んでしまうんではないかと心配していたんだ」

「だから父さんといっしょに暮らすためにここにいるんだね」

「そうだよ」

「君はむこうで勉強していたの？」

「五年生まで終わったところさ。ぼくは一年休学しているんだ」

「休学ってどういうこと？」

「休みってことさ。一年休み。君たち山の方でなら、一年休みって言わなくちゃだめかな。一年休んで、それからまた六年生に入るのさ」

「一年たったら、また行ってしまうの？」

「母さんが迎えに来るんだ」

「大きくなったら、しょっちゅう来られるだろうか？」

「もちろんさ」

「君の父さんと君たちはどうしていっしょに暮らさないんだい」

彼は返事をせず、表情を曇らせた。何か言えない秘密があったのだろうか。それとも答えにくかったのだろうか。

鬱軒《ユーシュアン》は私と同い年だったが、私より頭半分くらい背が高く、色白で、ふくよかだった。そのことは、都会というところが絶対に偉大なものであると私に感じさせた。都会は人を大きく育てるのだ。母が言った。

「鬱軒《ユーシュアン》はいい運勢を持っているのよ。それはどうしようもないことだわ。あなたは、父さんと母さんを怨まないでちょうだいね。自分が生まれてくるお腹をまちがえたことを不運だと思ってね」

母はとても悲しそうだった。私は別に何とも思わなかった。私はお腹をまちがえたとか何とかいうことの意味がわからなかったから。

湯《タン》先生の大きな息子は、時々先生を見に来た。兄弟二人が最初に顔を合わせた時、湯《タン》先生は鬱軒《ユーシュアン》に紹介しようとしなかった。しかし私の父が近視の息子を引っぱってきて、言った。

「あれはおまえの腹違いの弟なんだよ」

近視の息子はうなずいたが、やはり鬱軒《ユーシュアン》に挨拶しようとはしなかった。父が言った。

「兄だって言いに行かないのか？」

近視の息子が言った。

「父さんにそういうつもりがないから、やっぱり言いに行かないことにする」

後で私は鬱軒《ユーシュアン》に言った。

「今日来たあの近視はおまえの兄さんなんだよ」

鬱軒《ユーシュアン》は大きな眼を見開いていた。

「ぼくはそんなこと聞いてないよ」

「あれは君の父さんの、田舎のもとの奥さんが生んだ子なんだ」

「ぼくもそのことは知ってる。父さんにはもと田舎に奥さんがいたけれど、早くに死に別れたんだ」

次の日、鬱軒《ユーシュアン》が私に言った。

「ぼくにどうしてあんな大きなお兄さんがいるの、って父さんに聞いてみたら、父さんはよその人の言う嘘を真に受けるなって」

私は慌てた。それでは私が、私がでたらめを言っていたことになってしまうではないか。祖父はよく言ったものだった。「ご飯は何でも食べなければいけないが、話はやたらにしてはいけない。もめごとはすべて舌から起こる」と。私はでたらめを言ってしまったのだろうか？　幸い鬱軒《ユーシュアン》も二度と兄さんのことをたずねなかったので、私の小さな心配事も忘れられていった。冬に学校が休みになり、私と鬱軒《ユーシュアン》はいっしょに古い書物の勉強をした。湯《タン》先生の眼には、別に私がでたらめな話をしたことをとがめようとするつもりはないようだった。

私塾の勉強は二つの科目だけだった。一つは、先生が古文の解説をするのを聞いた後でそれを熟読し、一つ一つ先生の前で暗誦すること。もう一つは習字で、みな同じように楷書を習い、柳公権《りゅうこうけん》の法帖の練習をした。湯《タン》先生の要求は厳しかった。講義を聴く時には、眼はちょっとでもまばたきをせず、先生の方を見ていなければならなかったし、暗誦は文字も発音も正しくなければならなかった。節をつけて首をふったりするのはかまわなかった。字を書く時には、背筋を伸ばし、お腹をひっこめて、筆はまっすぐゆがまずに持ち、紙や手はきれいにしておかなければならなかった。鬱《ユー》軒《シュアン》は町では甘やかされていたが、父親のこの勉学の雰囲気の中で、間もなくみんなと同じような習慣を身につけるようになっていった。それは湯《タン》先生を喜ばせた。

「わしについて勉強すれば、きっとおまえは一廉《ひとかど》のものになるじゃろう」

寒い季節になって、例の近視の息子がまた父親を見にやってきた。しかし彼は父親のところへ挨拶に行かず、少しばかり木炭を担いできて、私の家に立ち寄って、私の父に頼んだ。

「ぼくは父さんに挨拶しに行かない。ぼくはぼくの弟を弟として認めるし、弟もぼくを兄として認めるのだけれど、父さんはぼくたちが互いに兄弟と認めてほしいと思っていないから、認めないことにした。でも顔を合わせるのも気まずいと思うんだ。だから、この木炭を父さんに届けてほしい。寒くなって、火を起こさなければならないからね」

そう言いながら、また一つの布の包みを取り出して、私に言った。

「この中にはぼくが山の中で拾ってきた栗が入っている。ぼくの弟を呼んできて、おまえたち二人で食べてくれ。でも、ぼくが持ってきた栗だなんて言っちゃいけないよ。いいかい」

「わかった」

そう言うと、近視の息子はすぐに行ってしまった。引き留めることもできず、腹をすかせて家に帰った。

瞬く間に月日が過ぎ、私は二十五里離れた鎮（小さな町）に行って初級中学で勉強することになった。それと同時に、例の長沙の町の女性がやってきて、鬱軒《ユーシュアン》を連れていってしまった。本当に残念なことだが、私はまたしてもその女性を見ることができず、鬱軒《ユーシュアン》に別れを告げることもできなかった。鬱軒《ユーシュアン》も私に何も残してゆかなかった。その頃の小さな仲間は、メッセージだの、手紙だの、記念品だのというものを知らなかったのだ。行ってしまったらそれきりで、私の生活が少し空白になった。私は中学で勉強し、毎日曜日に家に帰ると、いろいろなところに鬱軒《ユーシュアン》のいた影を見出すことはできたが、本人の姿を見ることはできなかった。しばらくするうちに、次第に彼のことを忘れてしまった。

ちょうどその年のこと、私塾は取り壊されてしまった。「文化大革命」（一九六六～七七年）がはじまって、「四つの古いもの」（文革中に批判の対象とされた古い思想、文化、風俗、習慣のこと）を破壊するためにまず私塾を破壊したのだ。かつての県長が教えていたのだから、問題はますます重大だった。実を言えば、私達のところは「天高く皇帝は遥か彼方」だったために、私塾を打倒しようなどという人はいなかったのだが、鎮の人が二十五里の道を走ってやってきて壊したのだ。そしてその場で湯《タン》先生を縛って鎮に連れてゆき、「闘争」しようとした。が、彼は不自由な足を装っているわけではなく、本当に歩けなかった。それらの人々はただ革命をしただけで、先生を担いでいって闘争する気力もなかったので、それで沙汰止みになった。それから湯《タン》先生の大きな息子が彼を山の中の生家に迎えていっしょに暮らすようになったのだった。

　後になって、私達はしばしば家に私塾が開かれていたあの頃のことを思い起こした。暇な時には、左右両隣もやってきて思い出話に加わった。私達のところには、どこの家にも字が上手な者がいて、みんな湯《タン》先生の功績を忘れずに覚えていた。あれから長い年月がたった今、私達の村では盛んに青石板が生産されるようになり、多くの石工が生まれた。石工といっても山を切り開く石工ではなく、石にきれいな楷書の文字を刻むことのできる職人のことだ。百里四方の者が、みんな私達のところへ石碑を作ってもらいにやってくる。旅行業の関係者もやってきては硯《すずり》やテーブル、文房具や工芸品の製作を依頼し、それらは国内外の観光客に買い求められてゆく。石に彫りつけた文字は、一丈（三・三メートル）くらいの大きなものから髪の毛ほどの小さなものまで、いずれも湯《タン》先生の最後の弟子たちの手になるものだった。その弟子たちも今ではみんな四、五十歳になっている。その後、もう少し若い世代の者たちの中にも、青石板に文字を刻む仕事によって、ちょっとした小遣いかせぎをしようとした者があったが、やはりどうしてもあの中年の職人たちのような仕事をすることはできなかった。手から手へと伝えられた能力こそが、本当に本物の能力なのだ。まして湯《タン》先生から直接習ったのだから、とみんなが認めたのだった。これは後の話だから、ここまでとしよう。

初級中学を三年まで勉強したところで、私は勉強を続けることができなくなった。実のところ、もう読むべき本もなく、先生も学生も一日中労働をやっていたのだ。父はそんなところでただで労働するくらいなら、家へ帰ってすればよい、と言ったので、私は完全に家に戻ってきた。二、三年もすると、私は一人前の労働力として、父と肩を並べて働けるようになった。

その年の秋も深まった頃、父と私は山の洞窟へ炭焼きに行って、年越しの費用をかせごうと思った。そうでもしなければ、この年は肉すらも口に入らなかった。出かける前に、父が言った。

「湯《タン》先生に会いに行こうじゃないか。何といってもおまえの先生なんだから」

母は先生へのみやげとして、卵、黒豆、干したささげなどを用意してくれた。

私達は天気のよいうちに、まず山の上で竈《かまど》の小屋がけをして居場所を作った。それから柴を刈ってきて、竈に入れ、火を起こした。竈から煙が出てくるのを見届けたところで、天候が変わり、小雨が降りはじめた。私達は安心して、湯《タン》先生を見にゆくことにした。父は彼の住んでいるところを知っていた。四、五里ほど山道を歩くと、先生の家に着いた。私達がそこに着いて、家の中で家人と話をしていると、奥の部屋から湯《タン》先生の、あの昔勉強を教える時に使っていた声が聞こえてきた。

「××と××の親子がやってきたんじゃな?」

私達はそれを聞くと、簾《すだれ》を掲げて奥に入っていった。

この時、湯《タン》先生はすでに半身不随で寝たきりになっており、下の世話も人がしなければならなかった。近視の息子には妻があり、二人の孫もあった。孫も二人とも結婚し、それぞれに子供がいた。湯《タン》先生はわずか六十歳にして、四世代もが同居するようになっていたのだ。ただ暮らし向きはとても苦しいようだった。あちこち傾いた古い家は、おそらく湯《タン》先生の先祖代々伝わった家だったと思うが、半分が瓦、半分が茅葺《かやぶ》きだった。壁はすっかり真っ黒になっており、よりかかると身体中が真っ黒になってしまいそうだったが、それでかえって汚れがないように見えるのだった。よく見ると、すっかり毛を抜かれた古い牛皮のように、てかてか光っていた。近視の息子の両目はほとんど見えず、壁を伝って歩いていた。

私達がたずねていって、家の中はひとしきり忙しくなった。湯《タン》先生は、お茶だ水だと大きな声で言い、半ば頭の白くなった息子の嫁と、灰だらけになって顔のよく見えない二人の孫の嫁が応対していた。見たところ、湯先生を非常に尊敬し、従順であるようだった。先生はベッドに半身を横たえており、暗い部屋の中にはすえたようなにおいがしていたが、先生の髪や顔や衣服は清潔さを保っており、家の者たちがよく彼の面倒を見ていることを証明していた。近視の息子が手探りで父親の部屋にやってきて、私達の話の相手をしたが、彼も喜んでいる様子だった。

「わしに会いに来てくれる者などどこにもおらん」

そう言うと、湯《タン》先生の眼から濁った涙があふれ出した。彼はとても寂しかったのだ。そしてまた言った。

「まあ、それもしかたあるまい。遠すぎるんじゃ。世の中もおだやかではないし。誰がわしになぞ会いに来るものか」

だからこそ、先生は私達が会いに行ったことをとても喜んだのだ。湯《タン》先生の両眼はまだ見えて、しばらく見ないうちに私がずいぶん大きくなったと言い、私の両手をつかんで、何度も何度も撫でた。それから頭の後ろをちょっと撫でて、言った。

「おい坊主。これからは力仕事なんぞで暮らしてはいかんぞ」

するとまた濁った涙がこぼれ落ちた。

「おまえがえらくなる頃には、わしはとっくにあの世に行っておるじゃろう。ああ、世は将棋のようじゃ……」

父は見るに忍びず、すぐに出ていってしまったので、私は湯《タン》先生といろいろな話をした。私達の方が外の世界に少しばかり近く、情報も少しばかり多かったので、湯《タン》先生にみんな話して聞かせた。先生は外の世界のことをとても聞きたがった。彼は言った。

「ここではたった一つの文字すら見ることができん。世間と隔絶してしまっておるのじゃ」

辞去しようとすると、湯《タン》先生は近視の息子に何かを持ってこさせた。その年の割に老人めいた近視の息子が、うす暗い場所からふるえる手で、何かしら取り出してきて、湯《タン》先生に渡した。見れば、五寸ほどの高さ、二尺ほどの長さの長方形の木の箱だった。板はもの古《ふ》りて黒くなり、上の方には銅の留め金があって、しっかり閉じられていた。湯《タン》先生は私の手をとって、その木の箱を手渡して言った。

「今わしの身のまわりには、字の読める者は一人もおらん。ここの家はこれを置いておくのにふさわしい場所ではない。わしとおまえは一時期師弟の間柄だったのじゃから、親子も同然じゃ。おまえがこれを持っとってくれ。これの価値は、今はやはりおまえにふさわしい……これから先もし勉強できるようになったら、おまえは勉強するがよいぞ。わかったか。これがわしの言いたいことじゃ。おまえはきっと日の目を見る時が来る……」

私は湯《タン》先生がくれた木の箱を抱えて、父親と門を出た。空はすでに真っ暗になり、山も家も、すっかり靄《もや》の中に浮かんでいた。父は言った。

「開けて見ろ。中は何だ？」

私は軽い気持ちで箱のふたを開けてみて、びっくりした。中は空っぽだった！　私はあっけにとられ、どうしたらよいかわからなかった。父はすぐに気がついて、

「急げ、すぐに戻って家の者に返すんだ。彼らはまだ貴重なものを我々にやったと思っている。そんなふうに思われたら大変だ」

私は父の命によって、急いでその古い家に引き返した。客を送った近視の息子と二人の嫁はまだ中庭にいて、家の中に入ってはいなかった。父は私の手の中にあった木の箱を奪い取ると、その近視の息子の手に渡して言った。

「お宅のご老人の大事な品物は、やはり我々がいただくわけにはまいりません。あなたがたはあのご老人の子孫なんだから、あなたがたが保管すべきですよ」

言い終えると、私を引っぱって、大股で足早に外に向かって歩きだした。振り返って見ると、その近視の息子の表情は水のように平静であり、二人の嫁は相変わらずぼ

さぼさ頭に垢じみた顔をし、顔には表情がなかった。

二十日ほどして、父は再び洞窟に炭を取りに行った。戻ってくると私に言った。

「湯《タン》先生がお亡くなりになった。我々が会いに行った時には、すでにむくみが出ていたんだそうだ。見たところ痩せてはいなかったようだが、身体の中はもうもぬけの殻だったみたいだ」

そして父は言った。

「食べるものもなく、餓え死にさ」

それからの二十年間、湯《タン》先生の家人や鬱軒《ユーシュアン》、そして先生の後妻についての話を聞いたことがなかった。覚えていることといえば、ただ、例の女性が湯《タン》先生のところにやってきて、何かをよこせと言ったが、手に入れることができなかったといった話だけだった。彼女はそれをほしがったのだろうか？　それなら、湯《タン》先生はどうしてこれを可愛がっていた鬱軒《ユーシュアン》に渡さなかったのだろうか？　箱は誰のために空になってしまったのだろうか？　それらはすべて謎である。箱の中にはいったい何が入っていたのだろうか？　もちろんそれを推測することもできないが、おそらく一幅の名人の書画だったろうと想像することが、湯《タン》先生の身分にはふさわしかったにちがいない。

愛情

坤正《クンジョン》は鉄道に勤めていた。

坤正《クンジョン》たちの機関区は市の郊外五キロほどの場所にあって、そこには女っ気がほとんどなかった。それに加えて坤正《クンジョン》はまじめ一方の人物であり、北の方からやってきたよそ者でもあったから、この土地には一人の親戚もなく、人づき合いも少なかった。その他もろもろの理由によって、坤正《クンジョン》の結婚は遅れに遅れたまま三十歳になってしまったのだった。そのため坤正《クンジョン》は、人生ももうほとんど夕暮れといった気持ちを抱くようになり、自分はもはや青年ではないと思って、結婚のことは考えないことにしていた。頭には少しずつ白髪も混じりはじめていた。

坤正《クンジョン》三十歳のこの年、ふとしたことから縁談が持ち上がった。

紹介してくれたのは、昔の同僚だった。同僚は、機関区での仕事が汚れるし退屈だし、さしたる収入もないのがいやになって、休職してある会社にアルバイトに出ていた。ある日、町の通りをぶらぶらしている坤正《クンジョン》を見かけた友人がお茶に誘い、お茶を飲みながら会社のある女性の話をした。その女性はとても気の毒だ。見た目はすばらしく、人柄もすばらしい。会計をやっていて、仕事も悪くない。ただ結婚できない、と言うのだった。

坤正《クンジョン》はびっくりして言った。

「どうして結婚できないんだ？」

「結婚できない病気なんだ」

「結婚したらどうなる？」

「きっと死んでしまうだろう」

「何の病気だ？」

「心臓病さ」

坤正《クンジョン》にも少しばかりの医学知識があったが、友人の話はまるでわけがわからなかった。

「結婚できない心臓病なんて聞いたことがないぞ」

「そういう種類の心臓病があるんだよ。心臓病にもいろいろ種類があることは知ってるだろう？　彼女のはそういった種類のやつで、特に気の毒なんだ。要するに、ひどく悲しんだり、喜んだりすることができない。ちょっとでも興奮すると、死ぬかもしれないんだ。でも結婚するとなれば、男と女がいっしょに寝るっていう、人を一番熱くさせることがあるわけだろう。その喜んだり熱くなったりすることに、彼女は耐えられない。だからこの女性は結婚できないんだ」

坤正《クンジョン》がたずねた。

「医者がそう言ってるのか？　それとも自分の推測なのか？」

「みんながそう言ってるんだ」

「人の舌には骨が無い、というくらいだから、どんなことだって言えないことはない。おれには信じられないな」

「最初はおれだって信じなかったさ。でも後で、ちょっと気持ちが高ぶっただけで、彼女の顔が青くなったのを見て、信じたわけだ」

坤正《クンジョン》が言った。

「それじゃ世の中には本当にそんな病気があるのかもしれないな」

友人はため息をついて言った。

「美しい一輪の花だっていうのに、まったくもったいないことだ」

「誰も彼女に言い寄らないのか？」

「誰が言い寄ったりなんかするものか。おまえはするか？」

坤正《クンジョン》が言った。

「おれだってできないな。たとえ独り身だったとしても……彼女自身はどうなんだ？結婚する気はあるのか？」

「結婚したいと思わないわけじゃないみたいだ。結婚ができるかどうかと、誰か男を好きになるかどうかはまた別のことのようだ。でも、片方の掌ではいくらたたいたって音がしないのさ……」

坤正《クンジョン》はその女性のためにため息をついた。それから自分のためにため息をついた。結婚したいと思っても、身体に病気があって結婚できないその女性にため息をついた。身体が丈夫であっても結婚できない自分にため息をついた……が、別にそんなことはどうでもよいではないか。坤正《クンジョン》はすぐにそのことを忘れてしまった。

しばらくして、坤正《クンジョン》は友人が言っていたその適齢期を過ぎた娘と知り合う機会があった。

機関区の独身寮は、この町でかなりよく知られた山の麓《ふもと》にあった。山の上には幾本かの見事に育った木があり、セメント作りの展望台やあずまやがあり、新たに修築された廟《びょう》があった。廟には三人の尼さんがいて、そのうち一人は大学生だった。週末や春の花見の季節には、たくさんの見物の男女がここに遊びに来る。その美人の尼さんももちろん重要な点景の一つだった。

いつもその頃になると、みんなは楽しそうだったが、坤正《クンジョン》は辛かった。男女のアベックが抱き合いながら林の中にもぐりこんでゆくのを見て、女性に触れたことのない彼のような男性に、何が面白いというのだ?

坤正《クンジョン》満三十歳の年の春、ある会社で働いている例の昔の同僚が、会社の仲間たちを引き連れ、週末にここへ遊びにやってきた。

友人の言っていた、その結婚できない娘もいっしょについてやってきた。だが、彼女は山に登りはじめると、すぐに顔色が変わったので、友人は命にかかわってはいけないと思い、彼女を連れて山を下りた。とっさの知恵で、坤正《クンジョン》の部屋のドアをたたいたのだった。坤正《クンジョン》が折よく部屋に閉じこもって武俠小説を読んでいるところだったので、友人は、坤正《クンジョン》の部屋でその同僚をちょっと休ませてもらい、彼自身は、またみんなのガイドをするために、山に登ってゆこうとした——彼はここで六年間も働いていたから、山の中のどの木もみなよく知り尽していた。彼は坤正《クンジョン》にこう言った。

「同僚の一人が、身体の具合が悪くなり、山に登れなくなってしまった。おまえのところでちょっと休ませてもらっていいかな。おまえは出かけないだろうと思ったから、面倒をかけることにした」

友人はその女性に向かって言った。

「これはぼくの親友だ。とてもまじめで親切なやつだ。こいつのところで休むなら、ぼくのところで休むのと同じだから、気楽にしていいよ」

「よくいらっしゃいました」

坤正《クンジョン》は言ったが、表情からは誠実さがあふれ、その娘がすまながるのを心からおそれているようだった。

女性の方がむしろ落ち着いていて、手を差し出して坤正《クンジョン》と握手した。

「ご迷惑をおかけします。余娟《ユージユアン》といいます」

坤正《クンジョン》の友人は、外へ出てから小声で坤正《クンジョン》に言った。

「余娟《ユージユアン》は、おれがこの間おまえに話した例の心臓病の子だよ。みんな彼女は来ないものと思っていたんだが、彼女もはっきり行かないと言わなかったから、いっしょにやってきた。でも、やっぱり具合が悪くなってしまった。ほら、いろいろ厄介なことが起こるじゃないか……」

こうなったからには、もう文句を言ってもしかたがないと思い、坤正《クンジョン》は昔の同僚に言った。

「いいだろう。おれにまかせろ。早くみんなのところに行ってやれよ」

彼は友人が仲間たちとうまくやってくれればいいと思った。友人は彼の義侠心に感謝し、肩をたたいて言った。

「世の中、何から何まで変わってしまったが、おまえだけは変わらないよ。どうもありがとう」

そう言うと、小走りで山に登ってゆき、彼らの小さなグループを追いかけていった。

坤正《クンジョン》は部屋に戻ると、余娟《ユージュアン》にお茶をいれてやった。彼女の顔色は、入ってきたばかりの時よりずっとよくなっていた。色白の中にも赤みがさしていて、病気の様子はまったくうかがえなかった。髪はつやつやしており、端正な顔立ち、両のひとみには輝きがあった。身体つきはスマートでありながらしっかりしており、淡い色の服を着ていたために、とても清楚な感じで、坤正《クンジョン》の好みに合っていた。たしかに友人が言っていたように、「見た目はすばらしく、人柄もすばらしい」ようだった。

坤正《クンジョン》が住んでいたところは六〇年代に建てられた平屋で、幾十もの部屋が縦長に並んでおり、一つの部屋に彼ともう一人の独身者がいっしょに住んでいた。部屋の中には二つのベッド、二つの机、二つの椅子、二つの洗面器台、二つの鉄のロッカーがあったほかは、何もなかった。もう一つのベッドは空っぽになっており、板がむき出しになっていた。同室の住人は休職して広東へ行ってしまったのだ。坤正《クンジョン》が一人で住んでいたので、部屋はとてもきれいに掃除されていて、ベッドの上には白地に青の格子縞の古ぼけたシーツが敷かれ、掛け布団は包丁で切った豆腐のように畳まれていた。古くなった壁にはたくさんの絵が貼ってあったが、山水画がほとんどであって、映画スターや歌手のブロマイドなどはなかった——望んでも手が届くはずのない美しい女性の写真をベッドのそばに掛けておいて、絵に描いた餅で腹を満たすようなまねを、坤正《クンジョン》はしようと思わなかったからだ。

余娟《ユージュアン》は坤正《クンジョン》をほめて言った。

「あなた、男の人なのに、すごくきれい好きなのね」

「君が汚いと思わないでくれれば、それで十分さ」

「ほんとにきれい。お世辞じゃないのよ。男の人の中に、あなたみたいにまめな人は少ないわ」

「それは男としてだめってことだな。大事を成し遂げられないからさ」

余娟《ユージュアン》は笑って言った。

「へえ、あなたって、ユーモアもあるのね」

「本当にそうなんだよ」

坤正《クンジョン》は笑った。自分でもどうして出てきたのかわからないようなユーモアがうれしかった。

余娟《ユージユアン》は、坤正《クンジョン》が真四角なスポンジの座布団を置いた椅子に腰掛け、外の風景をながめながら、ここの景色がこんなにきれいだとは思わなかったと言った。

坤正《クンジョン》はびっくりして言った。

「ここに来たことはないんですか？」

「ないわ」

彼女は少し残念そうに言った。

「こんなに近くなのに、来たことがないんですか？　ほんとに？」

余娟《ユージユアン》はお尻に敷いたスポンジの座布団が気持ちよいとほめた。それは自分が縫ったのだと坤正《クンジョン》は言った。余娟《ユージユアン》は細い眉毛をつりあげて言った。

「あなたって、針仕事ができるの？」

そう言うと、立ち上がって彼の針仕事をじっくりながめた。

坤正《クンジョン》が言った。

「こんなどうでもいいことをするのは、役立たずの男だけさ」

「わたしはそうは思わないわ。本当に能力のある男の人は、文武両道で、大きな事でも小さな事でも何でもできるはずよ」

「この世のどこにそんな立派な男がいるんだい？」

その時、一台の機関車が、窓のすぐ外のレールの上を大きな音をたてて通りかかった。するとこの古くてぼろい建物全体が揺れはじめ、骨組みが振動してぎしぎし音をたてた。坤正《クンジヨン》は、余娟《ユージユアン》がすぐに両手で耳をふさぎ、顔色が変わるのを見た。彼は友人が語った彼女についての物語を思い出し、急いで立ち上がって窓を閉めた。余娟《ユージュアン》がたずねた。

「こんなに線路に近いところで、眠れるの？」

「慣れてしまったよ。慣れて気にもならなくなってしまったんだよ」

坤正《クンジヨン》は言った。

「この稼業なんだ。しかたがないのさ」

……坤正《クンジヨン》と余娟《ユージユアン》は、とりとめのない、細々《こまごま》したどうでもよい話をした。とてもいい感じで、意気投合し、二人の間にははじめから初対面のよそよそしさがなかった。余娟《ユージユアン》が帰った後、坤正《クンジヨン》は思い出して、いささか驚きながら自問した。

「どうして会ったとたんに、よく知っている人のように、中学の同級生に会った時みたいに、よそよそしさを感じなかったんだろう?」

彼はこの先天性の心臓病を持ったかわいそうな女性に好印象を抱いた。どこがよいのだろう? 静かなところがよい、素朴なところがよい、落ち着いているところがよい、自然なところがよい。もしそのたいへんな病気がなかったら、彼女は一流の男性といっしょになっていただろう。まったくもったいないことだ。

次の週末、坤正《クンジョン》の例の友人が、機関区に父母を見にやってきて、それからわざわざ坤正《クンジョン》をたずねてきた。彼は坤正《クンジョン》に言った。

「余娟《ユージュアン》はおまえにとてもいい印象を持っている。事務室で何度も、おれにおまえの話をするんだ」

坤正《クンジョン》が言った。

「こっちはただの労働者じゃないか。金もない、地位もない、品位もない。何の取り柄もないじゃないか? 向こうはお世辞を言ってるんだ。おまえは彼女の言うことを真に受けるのか?」

「彼女は本当におまえがいいって言ってるんだぜ」

「おまえだって彼女の心がすっかりお見通しというわけじゃないだろう」

「おれは彼女に、君はたしかにすばらしい人物で、まだ女性に縁がないのは、本当におかしいと言っておいた」

坤正《クンジョン》は言った。

「おまえ、よそで人の欠点をばらすなんて。もう友達とは思わないぞ……もっともおまえがばらさなくたって、おれが独り者だってことは見ればわかるだろうけど。独り者は独り者さ。別にそれは醜いことじゃない。おまえがおれの痛いところを暴いたって、別に何とも思わないさ。おれはもう『借金が多くなれば心配もなくなる。蚤《のみ》が多くなれば痒《かゆ》くもなくなる』というやつだからな」

「彼女は、おまえがどうして結婚しないのかとしきりに聞いていた。おそらく彼女はおまえに気があるんだよ」

「でたらめを言ってるんじゃないだろうな?」

「彼女は本当に気があるんだ」

「いいよ、おまえがおれをからかったって、別にとがめはしないさ。彼女は病気で結婚できないんだと、どっかのあほうがおれに言ったぞ」

「好きと結婚は別の話さ」

その見方は新鮮だと坤正《クンジョン》は思った。

「そいつは面白い言い方だな」

友人がため息をついて言った。

「彼女が結婚できないのは、実に気の毒だ。でもおれは本当におまえたち二人の仲立ちがしたいんだ。どちらも年をくっているし、気も合ってる」

坤正《クンジョン》が言った。

「ばかを言え！　それにしても、余娟《ユージュアン》は本当にいい子だ。それなのに、天は彼女に不公平だな……」

また一週間が過ぎた。土曜日の午前十時、友人が大慌てで坤正《クンジョン》をたずねてきた。余娟《ユージュアン》のお母さんが坤正《クンジョン》を食事に招きたいと言い、自分にも相伴しろと言っている。それで今彼を誘っていっしょに宴会に行こうというのだ。

坤正《クンジョン》はあまりに唐突だと思った。

「何だって言って、おれにごちそうなんかしてくれるんだ？」

「あの日、おまえが余娟《ユージュアン》を助けたことを、彼女のお母さんが聞いて、とても感謝してるんだ」

「それだけのために？」

「たぶんそれだけだろう。あそこの家は四男一女で、四人の息子はみんな社会へ出て成功している。ただ余娟《ユージュアン》だけが病気がちで、一家中の心配の種だから、彼女のことを特別に大事にしているんだ。だから、彼女を助けてくれた人には、厚くお礼をしようというわけさ」

「お茶を一杯飲ませただけで、お礼に食事だって？　それは何というか……？　そんな食事には行けないよ。おれには心の準備もできてない」坤正《クンジョン》は断った。

友人は慌ててしまった。

「でもおれは彼女のお母さんに、まちがいなくおまえを連れてくると胸を張って言ってしまったんだ。むこうでは料理もすっかり準備してる。おまえが来なかったら、おれの面子《メンツ》はどうなるんだ？　頼むよ、おれの顔を立ててくれるだけでいいんだ。それから、実を言えば、おれの女房は余娟《ユージュアン》の上の兄さんの会社に勤めているんだ。将来いずれは世話にならなきゃならない。だからおまえにも話さずに、すぐオーケーと言ってしまったんだ。もしおまえが来てくれなければ、おれは……」

坤正《クンジョン》は友人が困りきった表情をしているのを見て、そのわけのわからない食事に行くことにした。ちょっと友人を助けると思って。出かけていってごちそうになるだけで、友人を助けることになるなどとは思いもしなかった。自分にそんな価値があったというのも、まったくおかしなことだ。坤正《クンジョン》の心の中には、誇らしい気持ちも生まれていた。そう考えて、ごく気楽に、服も着替えず、そのままバスに乗って友人と町へ出ていった。バスの中で坤正《クンジョン》は思った。余娟《ユージユアン》はおれのところで小一時間くらい休んだだけじゃないか。そんなどうでもいいことを家の人に話してどうするんだ?

食事は普通の家庭料理だった。しかし、余娟《ユージユアン》の何人かの兄さんもやってきて相伴した。食事の間に、余娟《ユージユアン》の三人の兄さんの携帯電話がひっきりなしに鳴った。それは言うまでもなくある種の身分を象徴していたのだが、彼らはみな気さくで、まじめに話をした。余娟《ユージユアン》と同様、みな優れた品性の持ち主たちだった。それに加えて彼の友人が上手に座をとりもったので、あまり世間に出ず、よその家で食事をすることなどめったになかった坤正《クンジョン》も、いつもより気楽で愉快に食事ができた。いとまを告げて表へ出ると、余娟《ユージユアン》と彼女のお母さんは、坤正《クンジョン》と友人を表通りまで送ってきた。

余娟《ユージユアン》のお母さんは、とても親しげな口調で誘った。

「坤正《クンジョン》、暇があったら遊びに来るんだよ。うちは気楽なんだからね。日曜日にすることがなかったら、来るんだよ」

余娟《ユージュアン》も坤正《クンジョン》を誘った。

「おいやでなかったら、いつでも遊びに来てくださいね」

その母娘と別れた後、友人が坤正《クンジョン》に言った。

「余娟《ユージュアン》のお母さんをそこらへんにいるおばさんと思っちゃいけないぜ。若い時にはいい家のお嬢さん、五〇年代の大学生なんだぞ」

坤正《クンジョン》は言った。

「言われなくてもわかるよ。言葉つきやしぐさが並じゃない」

「あそこの家では余娟《ユージュアン》だけが上の学校へ行っていないんだ。初級中学を終えたところでやめさせてしまったから。彼女が勝ち気になって大学の入学試験を受けようなんていうことになったら、命にかかわると思ったからさ」

それからまたつけ加えた。

「おれはますます確信したんだが、彼女はおまえにその気があるぞ」

「またばかなことを言う」

だが、それはばかなことではなかった。ある日、余娟《ユージュアン》のお母さんが、坤正《クンジョン》のその友人といっしょに機関区の独身寮までやってきて、坤正《クンジョン》と長話をしたのである。この五〇年代の知識分子、かつての女傑は、坤正《クンジョン》と話をしながら、涙を流していた。

「わたしの見たところ、娘は坤正《クンジョン》にとても好感を持っている。あるいは好きだと言ってよいのかもしれない。しかし二十七、八にもなった行きおくれの娘は、自分の気持ちをなかなか表に出そうとしない。病気だったために、娘は人から愛されたことがなく、人を愛する権利も失ってしまった。娘は結婚できない。しかし、結婚したいと思っている。正常なすべての女性と同じように、気も心も合っている人といっしょに暮らしたいと思っている。しかし、娘はまだ……」

もし坤正《クンジョン》も娘のことが気に入っているのなら、二人がよい友達になり、いつもいっしょにいて話ができることをどれだけ望んでいるかわからない、と母親は言った。余娟《ユージュアン》のように年をくった娘は、いつもいっしょにいて話ができる友人をさがすのがとても難しくなっている。前には同級生や同僚などで、そういう人がいたこともある。しかし、同級生も同僚も、自分の家を持ち、自分の妻と子供を持ってしまうと、彼女の相手をしに来てくれなくなってしまう。娘はそのため、人生で最も暗い時期に入ってしまい、ますます寂しくなっている。母親はすでに娘の変化に気がついている。彼女は丸一日、あるいは一日二日、一言も口をきかないこともある。こんなことが続くのに、娘は耐えられないのではないか。それが母親の気掛りだった。ところが、坤《クン》正《ジョン》が彼女の生活の中に登場するやいなや、目立った転機がおとずれた。だから彼の出現は、母親にとってもすがりうる一本のわらなのだった。彼女はこの年になって、もうほかに思いわずらうことは何もなかった。ただただ娘のことが気掛りなのだ……大事なのは、二人が性格の上で多くの共通点があり、話していても気が合っていることだ（坤正《クンジョン》と余娟《ユージユアン》は、人から忘れられたあの青春の歳月の中にあっても、決して荒れすさむことなく、よい書物を読んだ。同じような境遇にあって、社会や人生について、ともに関心を抱ける多くの問題について静観し思索していたことが大事だった。だからこそ、このように通じ合える話題があったわけだ）。

母親も坤正《クンジョン》のことを心配していないわけではない。もし彼が喜んで余娟《ユージユアン》の友達になってくれたとして、その友達はいったい何をすればよいのか？　一日？　一カ月？　喜んで人を助けようとして、一年？　さらに一歩進んで、男女二人の間に共通の感情が芽生えたら、どうすればよいのだろう？　うまくは言えないが、余娟《ユージユアン》は女になれないのではなく、女となることが許されないのに、坤正《クンジョン》の方は血気盛んで……。

老婦人は長いこと話し続けた。坤正《クンジョン》はそれを聞いて、彼女が言おうとしながら言い出せない最後の目的——それはつまり彼が余娟《ユージユアン》と結婚してくれることを望んでいるのだということがわかった。しかし、名実ともにそなわった夫婦にはなれないし、子供を生み育てることもできない。おとなしい友達みたいな夫婦になるのだ。

母親にしてもこれはたしかにはっきりは言い出せない話だ、と坤正《クンジョン》は思った。

老婦人は最後に彼に懇願した。どこまで行けるかはわからないにしても、少なくとも坤正《クンジョン》にガールフレンドができるまでは、しょっちゅう家に来てほしい。彼が彼女の家に来て食事をしてくれれば、それはそのたびごとに彼女を救うことになり、彼女を何日かでもよけいに生かすことになる。娘にもしものことがあったら、自分もきっと娘のあとを追ってしまうだろう……そんな話にまでなって、心根のやさしい坤正《クンジョン》は辛くなってきた。彼がどうしてこの高貴な老婦人の頼みを拒否できよう？　自分のように身分も低く、愛情と社会から忘れられた者が、意外にもこんな価値と人助けの能力を持っていたとは！　それは彼がまったく思いもしなかったことであり、想像すらしなかったことだった。

余娟《ユージユアン》と形ばかりの夫婦になれるかどうかは、保証できなかった。しかし、特別なことがないかぎり、週末には必ず出かけていって彼女の娘の相手をし、忠実な友達になろうと、彼はこころよく承知した。

老婦人は坤正《クンジョン》の回答に深く感謝したが、必ずしも満足したわけではなかった。坤正《クンジョン》は一度言ったことは守る人物だったから、本当にしょっちゅう余娟《ユージュアン》の家に遊びに行った。食事をしていても話をしていても、とても心が休まった。友達になったのだろうか？　これぞまさしく友達としてのつき合いだった。会う回数が多くなるにつれ、互いの理解も深まった。坤正《クンジョン》が余《ユー》家に行くのも、無理にそうするわけではなく、自分から望んで行くようになった。心の中の空白が、そこへ行くと埋められるように思われたからだ。


しばらくたった後、余娟《ユージュアン》の母親は坤正《クンジョン》の友人に頼んで正式に坤正《クンジョン》への仲人としての口ききをしてもらった。ついに本音が言い出されたのだ。

友人は坤正《クンジョン》に会うと、言った。

「ぼくの推測はどうだ？　図星だったろう」

「おれはもう少しよく考えてみたい」

「これは、おれの見たところ、とても崇高なことなのだが、またとても残酷なことでもある」

「どういうことだ？　おまえの意見を聞こうか」

　友人は言った。

「崇高というのは、もしおまえがあの家に入ったら、あの心臓病患者を幸福にするだろうし、あの老婦人を安心して長生きさせてやれる。残酷というのは、そばに一人の美しい女性が寝ているのに、彼女とそれ以上親しくなれないことだ。考えてもみろ。世の中にこれほどきびしいこともないぞ」

「おれが女性に心を迷わせないことができるかって？　おれもこんな年になり、花やいだ青春もとっくにすりへってしまって、坊さんと同じさ。女性に対しても、そんな欲念はなくなってしまった」

「ほんとにそうなら、崇高さが残るだけだ。おまえは崇高な人間になるんだ」

　だが、坤正《クンジョン》は最後に友人に答えた。

「これはとても大事なことだ。もう少し考えさせてくれ」

　いつ死んでしまうかもわからない女性と結婚するなんて、まったく意味のないことだと思わないわけではなかったが、独り者としてのあせりがあった坤正《クンジョン》が、この育ちのよい女性とつき合いはじめるやいなや、その予防線はたちまちにして崩れてしまった。彼は自分が実はとても弱い人間なのだと感じた。

しかし彼はやさしい人間であって、いつも自分に言い聞かせていた。一人の男と一人の女がずっといっしょに暮らすのに、結婚して子育てをするという以外のあり方がないなんてことがあろうか？　何かほかのやり方はありえないのだろうか？　ある。きっとある！　余《ユー》娟《ジユアン》は今にも死にかけており、彼なら彼女の一命を救うことができる。となれば、どうして死にかけている人を見ながら救わないでいられようか？　男女が交際するのに、互いに利用しあわなければつき合ったことにならないなどということがあろうか？

このような考え方にもとづいて、坤《クン》正《ジヨン》の友人を仲人にして、双方の意志を確かめ、この縁談はすぐに決まったのである。

話がまとまってからも、余《ユー》娟《ジユアン》と坤《クン》正《ジヨン》は平静だった。二人とも、恋愛や結婚を神秘的なものと考える時期はとっくに過ぎ去ってしまっていた。ましてや、この結婚にはそもそも欠けたところがあったわけだから、どうして手放しで喜べよう？　喜んでいたのは、余《ユー》娟《ジユアン》の母親だった。彼女は坤《クン》正《ジヨン》の友人といっしょに、三男の運転する車で機関区までやってきて、再び坤《クン》正《ジヨン》と話をした。坤《クン》正《ジヨン》がこんな大きな犠牲を払ってくれたことに心から感謝している、と彼女は言った。それからまた、何もかもよくわかっているといった顔つきで言った。もしいつの日か坤正《クンジョン》が余娟《ユージュアン》をよけいなお荷物と思い、離れ去るようなことになっても、彼女はきっと理解し支持するであろう、と。そうまで言われると、坤正《クンジョン》はたまらず、辛い気持ちになった。余娟《ユージュアン》をしっかり守らなければならないという信念はますます固くなった。人からこれほど大事にされると、自分で自分をおとしめることはできない。人には守るべき道というものがなければならない。

坤正《クンジョン》と余娟《ユージュアン》の結婚にあたっては、吉日を選びもしなかったし、お客を招きもせず、ウエディングドレス姿の写真をとったりもしなかった。週末を選んで一家の者がみんな集まり、坤正《クンジョン》の父母も招いていっしょに食事をし、その場でフィルム一本分の写真をとっただけだった。そうやって、この人生の大事な時を静かに過ごしたのだ。一つには坤正《クンジョン》と余娟《ユージュアン》の品性とこの一家の人々の品性が、派手で大げさな場面を好まなかったから。二つ目には、年をくった青年にすれば、そんな情熱はもうどうにもかきたてられなかったから。三つ目、最も重要だったのは、余娟《ユージュアン》に過度の興奮と疲労を与えてはならなかったからだ。それで、いつもの週末と何ら変わりなく、この大切な時間を過ごしたのである。

新居は余娟《ユージュアン》の家だった。息子たちが母親のために、四部屋とリビングが二つもある高級マンションを買ってやり、そこに母親と娘で住んでいた。母親は、娘が結婚してもそのままこの家で暮らすことを望み、余娟《ユージュアン》も坤正《クンジョン》もそれがよいと考えた。とりわけ坤正《クンジョン》は五キロも離れた鉄道の機関区で仕事をしており、時には夜勤もあって、十分に余娟《ユージュアン》の面倒を見るわけにいかなかったから、岳母の手助けを願ったのだった。

結婚するにあたって、坤正《クンジョン》は一文のお金も使わなかった。彼の父母にもいささかの蓄えがあり、坤正《クンジョン》にもいくらかの蓄えがあったのだが、余娟《ユージュアン》の母親は一人で負担すると言ってきかず、結局、彼女の言う通りにするよりほかなかった。

余娟《ユージュアン》の兄さんが、結婚したら町に来て仕事をするつもりはないか、そうすれば妹の面倒を少しでもよけいに見られるだろう、と坤正《クンジョン》にたずねた。坤正《クンジョン》はその場できっぱり断った。あまりにも多くをもらいすぎるわけにはいかない、と思ったからだ。結婚しようというのに、一文も出さないことで、すでに彼には落ち着きが悪かった。その上さらに人の世話になるのでは、一個の男子と言えなくなってしまう。人はいくら窮しても気概を失ってはならない、と思ったのだ。

新婚の夜、坤正《クンジョン》は三十歳にしてはじめて、美しくもの静かな一人の女性と枕をともにすることになった。新婚の男女すべてにとって、それは最も楽しかるべき一夜であろう。だが、坤正《クンジョン》にはそうではなかった。幸福の苦しみは、苦痛の苦しみより十倍も辛かったのだ。

坤正《クンジョン》の友人は結婚式の酒を飲んで、ふらふらになりながらいとまを告げた。半ば酔っぱらってはいたが、それでも坤正《クンジョン》を隅っこに引っぱっていって、こっそりこう言うのを忘れていなかった。

「夜というこの関所を、なあ兄弟、しっかり守るんだぞ。いや……今日ははしゃぎ過ぎた……」

夜の十時、余娟《ユージュアン》の母親が彼女にもう寝なさいと言った。母親は彼女が夜更かしすることを許さず、余娟《ユージュアン》は毎晩この時間に床につくのだった。この命令を聞くと、坤《クン》正《ジョン》は全身から汗が吹き出した。すっかり準備の整った暖かい寝室の扉を開けて、花嫁はひらりと中へ入っていった。彼が試される重大な時がやってきたのだ！　この時、坤正《クンジョン》がちらりと岳母の方を見ると、彼女は彼に向かってかすかに微笑んだ。その微笑みには、苦渋と遺憾と同情とが満ちあふれていた。そして彼の友人の頼みと同じような祈りが……。

寝室の扉が、ばたりと閉まった。

坤正《クンジョン》は気もそぞろといった様子で本を読んでいた。それは多くの人に好んで読まれた『風と共に去りぬ』だった。余娟《ユージュアン》は最初彼の部屋の中で、机の上にこの本が置いてあるのを見た。今時こんな本を読む人はめったにいない。それも余娟《ユージュアン》が坤正《クンジョン》に好感を抱いた理由の一つだったかもしれない。

余娟《ユージュアン》はさらさらと服を脱いでベッドに入った。坤正《クンジョン》には彼女の方を見る勇気がなかった。余娟《ユージュアン》が彼に言った。

「あなたも眠いでしょう。灯りがついていると、わたしは眠れないの」

坤正《クンジョン》はそれにこたえて、すばやく上着を脱ぎズボンを脱いで、まず灯りを消し、真っ暗な中ふるえながら、暖かい体のそばに横になった。彼はたしかにその柔らかい体がふるえているのを感じた。余娟《ユージュアン》がなぜふるえているのか、坤正《クンジョン》にはわかった。彼女を興奮させてはいけない、と彼はすぐに思った。気持ちを静めるために、坤正《クンジョン》は彼女の片方の手を取った。余娟《ユージュアン》もその手をしっかり握り返してきた。それは無言の約束だった。しばらく互いに手を握りあっていると、余娟《ユージュアン》も落ち着いてきて、ふるえもおさまった。坤正《クンジョン》もうこれ以上彼女をいたわる動作をしなかった。名ばかりの夫になる決心をしたのだから、彼によけいな欲念があるはずはないのだった。しばらくして、余娟《ユージュアン》がため息をつきながら言った。

「ほんとにごめんなさい。あなたを男にできなくて」

「それはもう話したことじゃないか。その話題はよそう」

「やめるわ。でもどうしても落ち着かなくて」

「やっぱりやめよう」

「それじゃ、やめるわ」

余娟《ユージュアン》はとても疲れていて、しばらくすると眠りに落ちた。坤正《クンジョン》の手を握っている手からも次第に力が抜けていった。

だが、坤正《クンジョン》はどうしても眠れなかった。そばに本物の女性が眠っている。いくら邪念を払おうと努力してみても、生命とともにあるあのいらだちが、どうしても体の中を駆けめぐっていた。彼は結果をいっさい顧みず、自分のものになったこのかわいい女性を抱きしめてしまおうと本気で思ったりもした。

もちろん彼にそれができるはずがなかった。彼は自分に警告した。もしそんなことをしたら、彼が抱きしめたこの魅力的な肉体は、すぐに一個の死体になってしまうだろう。彼にはそんな残酷なことはできなかった。しかし、生命とともにあるあのいらだちのために、坤正《クンジョン》はどうしても眠れなかった。窓のカーテンの隙間から漏れてくるかすかな月の光の中で、形の上では枕をともにしながら、実際は交わることのできない彼の妻をしげしげと見た。その長いまつげ、形の整った鼻、薄い唇、それらはすぐ目の前にあるのだが、見るばかりで手は出せない……

坤正《クンジョン》は精一杯の努力をし、およそ一月ほどの時間をかけて、そのいらだちを完全に克服し、除去してしまった。そばに寝ているのは一人の友達、話の合う友達であって、女性ではないと感ずるようになった。坤正《クンジョン》は思った。ほかの人だったら、おそらくとてもできなかったであろうことが、彼にはできた。人に話してみたところで、そんな夫婦生活がこの世に存在しようなどとは、おそらく誰も信じないだろう。また、坤正《クンジョン》の結婚と私生活についてたずねようとする人もいなかった。彼の友人や同僚も、面と向かってこの話をしたことはなかった。坤正《クンジョン》は心の中ですべてを理解していた。彼がこんな異常な結婚を選択したことについて、みんなが彼を憐れみ、同情している。その話が持ち出されると、彼がつらい思いをすると、みんなが思っているであろうことを。

坤正《クンジョン》にも悲しくなって嘆く時がないわけではなかった。もしも自分が役立たずでなかったら、こんな状態に陥ることもなかったのに。

だが、坤正《クンジョン》は自分の選択を後悔したりしなかった。立派で健全な男子になれなかったとしても、一個の人間として、いい人間にはなれるのだ。

性生活がないことを除いては、よその夫婦が味わっているあらゆる幸福感を彼と余《ユー》娟《ジュアン》も味わっていた。そして互いに影響を与えあい、それぞれの欠点、例えば高齢で結婚したための、人と違った点、憂鬱、孤独癖、人情を解さず、人中を避けようとすることなどの欠点を改めていった。

人は坤正《クンジョン》に言った。

「君は変わったよ」

人は余娟《ユージュアン》に言った。

「あなたは変わったわ」

これはもちろん喜ぶべきことだった。

最も喜んだのは余娟《ユージュアン》の母親だった。彼女は余娟《ユージュアン》のためにこの縁談を進め、まじめで非俗な坤正《クンジョン》という人物を選ぶことができ、大喜びだった。娘に笑顔が戻り、話をするようになり、情理を解するようになった。心持ちの上からも完全に普通の娘になった。それを見て、母親の心の中の長年の重荷がおりたと感じたのだ。

ある秋の日、余娟《ユージュアン》の事務室に電話が掛かってきた。雑音混じりの男の声が電話の向こうにあり、慌てて取り乱して言った。

「娟姐《ジュアンねえ》さんですか？　すぐに来てください」

余娟《ユージュアン》はどきっとした。

「どちらさまですか？　どなたか存じませんけれど。わたしにどこへ行けとおっしゃるんですか？」

「わたしは機関区の陳《チェン》です。わたしはあなたと坤《クン》さんといっしょにお茶を飲んだことがあります……すぐに来てください。坤《クン》さんが事故に遭ったんです」

「どんな事故なんです？」

「たいしたことはないんですが、早く来てください。今、彼は寮にいます」

そう言うとザアザアいって電話は切れてしまった。携帯で掛けているようだった。

余娟《ユージュアン》はどきっとした。何も考えず、同僚に一言告げて、バッグをひっつかんだ。下におり、タクシーをつかまえて、そのまま機関区に駆けつけた。

余娟《ユージュアン》がタクシーを降りると、目の前には何本あるかわからないくらいたくさんのレールが横たわっていた。坤正《クンジョン》の寮は線路の向こう側の山の麓にあった。跨線橋《こせんきょう》は三百メートルも向こうにあった。跨線橋まで行っている時間はない。彼女はためらわずに線路に降り、レールの上を歩いた。蒸気を吹き出している無数の機関車が彼女の前後にうごめき、吠えているのを感じた。ここは機関車がたくさん集まっている場所なのだ。すべての機関車はここで検査され、出発を待っている。彼女は歯をくいしばり、そっと目を閉じると、レールをとんとん跨《また》いでいった。彼女の心はただひたすら親愛なる人に向かっており、ほかのことは何も考えなかった。こわいという気持ちもなかった。

彼女が坤正《クンジョン》の独身寮に駆け込んだ時、坤正《クンジョン》はベッドの上で仰向けの大の字になっていた。頭には包帯が巻かれており、左側にうっすら血がにじんでいた。

余娟《ユージュアン》は血を見ると、思わず鋭い叫び声をあげた。彼女は生まれつき血がきらいだった。毎月の自分のさわりは、彼女が最も耐え難い時だった。この叫び声を聞いて、眠り込んでいた坤正《クンジョン》が目を覚ました。坤正《クンジョン》は大きな目を開けて余娟《ユージュアン》を見ると、驚き恐れるような口調で言った。

「どうしてここへ来たんだ？」

「陳《チエン》さんっていう人がわたしに教えてくれたのよ」

「陳《チエン》？　陳《チエン》のやつめ、こんちくしょう」

「こんなことがあったのに、どうしてわたしに教えてはいけないの？　人のことをとがめたりして」

「でも……」

坤正《クンジョン》はその後の言葉を飲み込んだ。なぜなら余娟《ユージユアン》はこれほどひどくびっくりさせられたというのに、心臓病の発作も起こさず、ぴんぴんして目の前にやってきている。これは坤正《クンジョン》を驚かすに十分だった。彼は慌てて言った。

「おまえ、一人で来たのか？」

「もちろんよ」

「おまえ、大丈夫か？」

余娟《ユージユアン》は言った。

「先にあなたの話をして。けがは大丈夫？」

坤正《クンジョン》は軽く笑って言った。

「たいへんと言えばたいへん、たいしたことないと言えばたいしたことはないさ。工場の古い建物が突然崩れた。ぼくはその時ちょうど、中へ材料を取りに行っていたから、埋まってしまったのさ。でも運がよくて、鋼鉄の柱にはやられなかった。ただ、何かにぶつかって気を失ったのか、驚いて気を失ったのかわからないが、とにかく何時間か意識を失っていたようだ。今はもういい。すぐに包帯をしたから、血もそんなに出なかった。少し休んでから、家に帰ろうと思っていたところだ……陳《チエン》のやつめ、どうしておまえを呼んだんだ」

「よかったわ。大事故にならなくてよかったわ」

「同僚も、ぼくが強運だったたって言っている。何十トンもある鋼鉄の柱にやられたら、水牛だってぺしゃんこだ。人間なんかひとたまりもない」

「ほんとに恐ろしい話ね」

「ぼくたちはまだいっしょに生きていられる運命なんだ。だから死ぬはずがない」

この時、余娟《ユージユアン》の目に感激の涙がきらめくのを坤正《クンジヨン》は見た。

坤正《クンジヨン》はこれだけの災難に遭ったために、服もズボンも汗でべとべとになっていた。それが風で乾かされ、いたるところ塩がふいており、部屋の中には血と汗の臭いがたちこめていた。余娟《ユージユアン》は急いで金だらいを持ってきて、ボイラー室へお湯を汲みに行き、坤正《クンジヨン》の服を洗い、身体を拭こうとした。坤正《クンジヨン》はたずねた。

「何をやってるんだ?」

水を汲みに行くのだと彼女は言った。

坤正《クンジヨン》は鯉が跳ねるみたいにがばと起き上がり、制止して言った。

「いいよいいよ。自分で洗うよ」

「あなた動けるの？」

「大丈夫！」

余娟《ユージュアン》の家に婿に来てからというもの、彼は、彼女がきつい仕事をしたのをただの一度も見たことがなかった。例の命取りの病気が起こるかもしれなかったから、彼女は重い物を持たなかったのだ。今、どうして彼女を水汲みになど行かせることができよう？　坤正《クンジョン》はまだ頭が重く足が地につかないように感じられたが、それでも何とかして洗濯するための服を脱ぎ、外で身体を洗おうとした。余娟《ユージュアン》が潔癖性なのを知っていたから、こんな様子では彼女に会えないと思ったのだ。彼は余娟《ユージュアン》に腰掛けているように言い、外へ身体を洗いに行った。洗い終わると、しんどそうに部屋に戻り、もうしばらく横になりたいと言った。坤正《クンジョン》はとてもとても疲れていて、立っていられないほどだったから、頭を横にするとすぐに眠り込んでしまった。


目を覚ました時には、空も真っ暗になっていた。彼は部屋の中にかかった針金の上に、余娟《ユージュアン》が洗ってくれた洗濯物が干されているのを見た。半年も洗っていなかった仕事着まで洗って干してある。部屋の中もすっかり片づけられており、かすかなよい香りがした。彼女はベッドのわきに静かに座って、何か本を読んでいた。

坤正《クンジョン》が目を覚ました時、疲れるようなことをしてはだめじゃないか、と言おうと思ったが、彼女がそんなに疲れた様子でもないのを見て、言わずにおいた。彼は感謝の気持ちを込めて手を差し出し、妻の手をとった——彼ははじめて妻の世話になったのだ——家の中では、彼女がこんなことをするのを、彼と母親が絶対に許さなかった。それにここには洗濯機もなかった。

余娟《ユージュアン》も彼の手を握り返して、甘えるように言った。

「いびきをかいていたわ。病人はいびきをかかない、いびきをかく人は健康なんだという話を聞いたことがあるわ。今はどう?」

坤正《クンジョン》は全身が軽くなるのを感じた。目が覚めると、疲れもすっかり消えてしまっていた。彼は言った。

「すっかりいいよ。最初はちょっとだるいと思ったけれど、今はもう大丈夫」

「わたしたち何か食べましょう。もう夜の九時よ」

「ほんとによく眠っていたんだな」

「ヨーグルトとか、パン、ビスケットなんかを買ってきたわ。このあたりは、夜になると食事をする場所もなくなってしまうのね。もしあれば食堂に行って、あなたが大事故に遭っても死ななかったことのお祝いをしたのにね。まったくびっくりさせられたのよ」

「ぼくたちは家には帰らないのか？」

「ここで一晩休みましょう。わたしがここにいちゃいや？」

「そんな水臭いことを言わないでくれ。ここだっておまえの家だ。ただちょっとわびしいけどね……問題は、ここは騒がしいということ。一晩中、列車の音がする」

「わたしも試してみましょう。眠れるかどうか」

そう言うと、彼女は坤正《クンジョン》をたすけ起こしてものを食べさせた。しかし、坤正《クンジョン》はもうぱっとはね起きて言った。

「ぼくはもうすっかり元気さ」

坤正《クンジョン》と余娟《ユージユアン》が、この狭い一人用のベッドに並んで横になった時、明るい星がベッドの窓の外にまたたいていて、手を伸ばせば届きそうだった。窓の外の松風の音は潮騒のようだった。草の中の虫がすだいて、空気は新鮮だった。この目新しいロマンチックな雰囲気に満ちあふれた、農村情緒いっぱいの夜が、余娟《ユージユアン》を興奮させていた。二人は夜の十一時だというのに、まだ話をしていた。坤正《クンジョン》は彼女が睡眠不足のため発作が起こるのではと心配し、何度も彼女に眠るように言ったが、彼女は実は眠れないのだと言い、彼に話の相手をしてくれるよう頼んだ。彼はそれを拒絶できなかった。

しばらくすると、余娟《ユージュアン》が言った。

「あなた、わたしを抱いて。いい？　あなたはわたしを抱きたいと思ってる。そう？　あなたはそう思ってるんだとわたしは思うわ」

これは恐ろしい要求であった。坤正《クンジョン》には軽率なことはできなかった。

余娟《ユージュアン》は言った。

「わたしは大丈夫だと思うの。人が死ぬとなったら、止めようにも止められない。たとえあなたみたいに元気な人でも、死ぬとなったら、あっという間に死んでしまうでしょう？　だから、わたしは運命を信じる。運命を信じるわ……」

そう言うと、余娟《ユージュアン》は横になって軽く坤正《クンジョン》に腕をまわした。薄いブラウスを着たばかりのその豊かな身体が、瞬時に電流のように彼の全身を突きぬけた。余娟《ユージュアン》が言うように運命は知ることができないと思い、そして彼が大事故に遭っても死ななかったのは、これもまた運命であったと思い、そして風にあたったこともないひ弱な余《ユー》娟《ジュアン》が、命にかかわるたくさんのことを今日いきなり経験させられて、それでもまったく無事だったことを思い、彼が心の中に長い時間をかけて築き上げてきた予防線は、ついにもろくも崩れてしまった。彼は思った。今日二人とも死んでしまえばいい！　坤正《クンジョン》も強く余娟《ユージュアン》を抱いた。それから二人は一切のことを忘れ、熱く愛しあう恋人たちと同じように、狂ったように口づけをした。

「死んでやれ！」

二人ともそれぞれの心の中で思った。

死をも恐れないならば、いったい何を恐れることがあろう？　これまで禁断の果実を味わったことのない、この憐れむべき、年をくった男女は、ついに理性を九天の雲の彼方に押しやって、大胆に痛快に、できること、やりたいことをやったのである。自分たちはまだ若く、生気に満ちあふれており、激情に満ち満ちていると思った。二人は一晩中眠らなかった。

星にかわって一輪の太陽がベッドの上にかかった時、坤正《クンジョン》は、猫のようにやすらかに、彼の胸の中で横になっている愛妻を見た。息づかいは普通であり、顔には赤みがさしている。彼女は生きている……

十カ月後、余娟《ユージュアン》は一人の男の子を産んだ。彼女は今でも十分健康に暮らしている。

振り返って見れば

ある日、柳志《リウヂー》は現在給料をもらっている会社の前で、昔つき合っていた女性を見かけた。柳志《リウヂー》が「おーい」と軽く声を掛けると、昔の愛人は振り返って、柳志《リウヂー》を見たのだった。

実を言えば、柳志《リウヂー》が彼女を見かけた時、恋人たちがたがいに相手を見つけた時のような感激はなかった。彼の記憶の中では、二人がつき合っていたのは、そうとう昔のことのように思えた。柳志《リウヂー》はまだ三十歳にもなっていないのだが、彼女とつき合っていたのがとても昔のことのように感じたのだった。

柳志《リウヂー》はこの見知らぬ町の中で、知っている人に会いたいと思っていた。彼女を見かけた時、思わず「おーい」と声を掛けたのは、ほぼ間違いなく、誰か見知った人に会いたいという意識に支配されたからだった。二人の間はとっくに何もなくなっていた。今では知っている人という以上のものではなかった。彼女を呼び止めたところで、実は話さなければならないようなことなど何もなかったのだ。「おーい」と言ってしまうと同時に、柳志《リウヂー》は少しばかり後悔を感じさえした。話すことなど何もないのに、どうして呼び止めたりしたのだろう？　彼の声は小さく、しかも通りはごったがえしていた。車は一台また一台と通り過ぎてゆく。会社の前の歩道には、大勢の人が肩を擦り合わせながら歩いている。この喧噪の大合唱の中にあって、彼の声など、一滴の水の響きでしかなかった。

だが、それでも彼女は聞きつけた。彼女は一瞬にして、それが自分を呼ぶ彼の声であることを聞き分けたのだ。

こんなにもすばやく呼び声に反応した彼女を見て、柳志《リウヂー》は少しばかり感動した。それは彼にとって思いがけないことだった。彼女はまだ彼の声を覚えていたのだ。こんなに長い時がたったのに、まだ覚えているとは大変なことだ。からだの関係があったために、きっと彼の声や容貌が、彼女の脳の中に一つの位置を占めているのにちがいない。が、彼にはまるでそれがなかった！　彼は長いこと、この女性のことをすっかり忘れていて、彼女が目の前にあらわれた時になってやっとのことで思い出したのだった。柳志《リウヂー》はこの時、自分の冷淡さに、いささか心のやましさを感じた。それで、彼女が彼のことをじっと見た時、少しばかり顔が熱くなったのだった。

その一瞬の感動の後、柳志《リウヂー》はすばやく自分の仕事場を離れて立ち上がり、外へ出て、あらためて「芸芸《ユンユン》」と声を掛けた。

芸芸《ユンユン》は香水の香りをぷんぷんさせて彼の目の前に立っていた。彼女はかすかに笑い、二つのえくぼを作って、言った。

「まあ、あなただったの。こんなところで会えるとは思わなかったわ」

柳志《リウヂー》は心の中で思った。こんなに時間がたったのに、きみの二つのえくぼは昔のまだな。えくぼは無くなっていてもいいはずなんだが。

柳志《リウヂー》はなぜ真っ先に彼女のえくぼを見たのだろうか? 彼はふと思い出した。彼女が最初に彼の注意を引いたのは、まさしくその特別なえくぼがぴったりうまい具合に円い顔に納まっていたからなのだった。この時、柳志《リウヂー》は後ろにいる同僚が鼻をクンクンさせているのを感じた。柳志《リウヂー》はすぐにわかった。彼らは芸芸《ユンユン》の身体の香りをかいでいたのだ。

「ぼくだって、こんなところできみに会えるとは思いもしなかったよ」

柳志《リウヂー》は答えて言った。

彼女はこんなにやたらに香水をふりかけるべきではない、と柳志《リウヂー》は思った。彼女は昔香水をつけなかった。柳志《リウヂー》がさらに芸芸《ユンユン》を見ると、思い切り細く描いた眉がそのまま耳元まで延びており、やたらにカールした髪型をし、胸元が広く開いて、きつく腰をしめつけた短い服を着ていた（胸の大きさが普通でなかったし、腰のしめつけもきつそうだった）。かかとが高くて前が平ら、底の厚い流行の革靴をはいていた（いま町中で流行しているこの手の醜い靴には、どうしても美を感じられないのだが）。芸《ユン》芸《ユン》の全体の「包装」は、毎日会社の前を行ったり来たりする今風の女たちと、すっかり一つに溶け合っていた。彼女はこの町でそうとう長いことやっている様子だった。柳志《リウヂー》はたずねないわけにいかなかった。

「ここに来て長いんだろう？」

「どうしてわかるの？」

「そんな気がしたのさ」

「それなら長いんでしょう」

彼女は柳志《リウヂー》にたずねた。

「あなたは？　来てから長いの？　この会社で働いてるの？」

「ああ、そうだ」と彼は言った。

「これはあなたにぴったりの仕事ね」

そう彼女は言った。柳志《リウヂー》にこの仕事ができることを彼女はしっかり覚えていたのだ。

彼女とはじめて出会ったのも、この仕事の引き合わせだった。柳志《リウヂー》が言った。

「まあ、何とかかんとかやってるよ」

「そんなに謙遜しなくていいわ。あなたはきっと大きな仕事をしてるんでしょ」

柳志《リウヂー》はばつが悪そうにちょっと笑って言った。

「そんなふうに言ってくれるのはきみだけだな。自分でさえ、飯の種だと思ってやってるだけさ」

「そんな言い方をしてはいけないわ」と彼女は言った。

話をしていると、事務所の方で柳志《リウヂー》に電話が掛かってきた。芸芸《ユンユン》が言った。

「それじゃ、さよなら。わたしはポケベルを持っているわ。何かあったら、呼んでちょうだい。番号は一二七の×××よ。覚えた？」

柳志《リウヂー》は覚えていなかったが、覚えたと言い、中に入って受話器を取った。

柳志《リウヂー》は思った。ぼくがきみのポケベルの番号を覚えてどうなるんだ？　ぼくらがつき合っていたのは、もう大昔のことじゃないか。

柳志《リウヂー》が受話器を置くと、彼の画の先生でもある会社の社長が彼を呼んだ。奥の応接室に行き、柳志《リウヂー》が中に入ると先生は扉を閉めた。先生は言葉を選びながら柳志《リウヂー》に言った。

「おまえに言っておく。おまえはこの町に来てから、まだそんなに長くたってない。ここはおまえのいた、あの県城（県の役所が置かれた町）とはちがうんだ。ある種のことについて、おまえにも少しばかり慎んで、上手にやってもらわねばならん。例えば、だ。あの手の女とは、そういった場合に何とかやればよいので、通りで逢った時には、たとえ顔見知りだったとしても、知らん顔をしていなければいかん。役者に義理なし、水商売の女に情なし、というやつで、ああいう『鶏《チー》』（売春婦）とは金の関係を除いては、ほかに何もないのだ。おまえがもし本気にでもなれば、後でそうとう痛い目にあうだろう。ほかのことは言わないにしても、いつか彼女が警察に捕まって、ここへ連れてこられ、おまえがお客だったなんてことがわかったら、このちっぽけな会社なんか、吹っ飛んでしまうんだ。もちろん、おれもおまえのことは考えてる。おまえは所帯持ちなんだから……」

先生が話し終わる前に、柳志《リウヂー》は思わずハハハと笑いはじめた。

「何がおかしい」

先生はめがねを押し上げながら、わけがわからない様子で言った。

「おれが言ってるのは、本当のことなんだぞ。いくら個人的なことだと言っても、これはたしかに現実なんだ。おれはこの町でずいぶん長いことやってきて、こういう女がらみの事件にひっかかったやつをずいぶん見てきた……もちろん、おれはおまえのことをよくわかっている。男盛りのこの年で、家族と離れて外で独りで暮らしているとなれば、遅かれ早かれ遊びに出るのは、それは普通だ。でも遊んだら、それでおしまいだ。例えば、手洗いに行って出すものを出した後で、どうしてわざわざ振り返って見る必要があるんだ？」

「先生」柳志《リウヂー》はさえぎって言った。「あの女は、わたしの県の知り合いで、わたしと彼女の間には何もないんです。まして、彼女は『鶏《チー》』と限ったわけじゃありません。ご安心ください。わたしはあなたの仕事を台無しにしたりしませんよ」

「それならよかろう。ただの知り合いというのなら、かまわない……だが、こんな知り合いとは、何も行き来する必要はないぞ。彼女は『鶏《チー》』じゃないなどというのは、それはおまえの昔の見方だ。おまえはまだわかってないようだな。こういった問題について、おれたちはよく知っているんだ。おれを説得しようとする必要はないぞ。いいだろう。仕事にもどれ」

そう言うと、先生は、信頼しているからなといったふうに彼の肩をたたいた。

××師範学校を卒業した柳志《リウヂー》は、昔この余《ユー》という先生のもとで洋画を習った。余《ユー》先生はその後、この町で店舗を借りて、「中天装飾設計事務所」という会社をはじめた。柳志《リウヂー》は郷里の小さな県城で教員をしていたが、それにもあきあきしたので、休職して余《ユー》先生の会社で働くことになった。余《ユー》先生は自分の教え子を手厚く待遇した。しかし、余《ユー》先生は柳志《リウヂー》に言った。

「教師と生徒の間の情誼と、経済原則とは別だ。教師生徒の間柄も経済原則には従わなければならない。これはきちんと言っておかなければならないことだが、今後の分け前の問題で、教師と生徒の感情に影響が出るようなことがあってはならない」

柳志《リウヂー》はわかりましたと言い、先生の利益分配の原則と労務管理の規則を完全に受け入れた。仕事に出るからには、まず「孫」からはじめ、がんばって「息子」になり、それから「おやじ」になる。柳志《リウヂー》は一文無しでやってきて、身寄りも無かったから、まずは「孫」になる覚悟ができていた。先生はもはやかつての先生ではなく、今の身分は、いつでも自分を追い出すことのできる小資本家なのだった。だから柳志《リウヂー》も、「主人」のあらゆる命令に従わなければならなかった。例の芸芸《ユンユン》が、もしまたここを通っていっても、二度と呼び止めることはないだろうと思ったし、実のところ、声を掛けたところで何の意味もないのだった。

それでは、芸芸《ユンユン》は果たして余《ユー》先生の言うように、ここで「鶏《チー》」をやっているのだろうか？　この「鶏《チー》」ということを思うと、彼は吐き気がした。だが、何の生活能力もない芸芸《ユンユン》が、突然美しく着飾って、人目をひいて町を歩いていられるのだ。「鶏《チー》」をしているのでなかったら、どうやって生きてゆくことができるのか？　柳志《リウヂー》は彼の先生のかなり独断的な結論に反感を抱いたものの、芸芸《ユンユン》を弁護する理由もないのだった。

どうしてとうの昔に忘れてしまった人のために弁護する必要があろう？　しかし、どれだけ忘れていたとしても、柳志《リウヂー》は昔つき合っていた芸芸《ユンユン》が人からばかにされ、はずかしめられる「鶏《チー》」になることを望まなかった。彼の知る限りでは、彼の先生は今では「鶏《チー》」漁りをするお金を持ち、すでにそうとうな「漁り手」でもあるはずだった。が、「鶏《チー》」から快楽をむさぼる一方で、また「鶏《チー》」のことをあざ笑っているのだった。なればこそ、柳志《リウヂー》は芸芸《ユンユン》が「鶏《チー》」に身を落とすことを望まなかったのだ。

芸芸《ユンユン》と彼がつき合っていた頃、彼女は素朴な女子工員だった。彼女は彼の崇拝者だった。当時、彼女たちの工場にはまだ文化事業を行なうだけの気力と財力とがあって、工場でしばしば夜学の書画講座が開かれた。労働者である学生たちに書画の模範演技をやって見せた時、柳志《リウヂー》は芸芸《ユンユン》を知ったのだった。当時、彼女は黒い髪を一本のおさげに結い、青い作業服を着て、彼のために墨を磨《す》り、紙をひろげ、文鎮を置き、とても気が利き、痒《かゆ》いところに手が届くようだった。最初の時に彼女が手伝い、二度目も彼女だった。こんなふうにして彼は彼女を知った。わたしは芸芸《ユンユン》といいます、と彼女は言った。

その頃は実によかった。彼のことを崇拝する人があらわれ、しょっちゅう誰かしらが彼のように書画の上手な人を招いて模範演技をさせたのだから。しかし、そんな日々は長くは続かなかった。芸芸《ユンユン》たちの工場の夜学校も活発な時期はそれほど長くなく、間もなく廃止されてしまった。工場がいまにもつぶれそうになっていた。皮が無くなっているのに、毛がどこについていることができよう?

芸芸《ユンユン》たちの工場のパーティーで、柳志《リウヂー》はこの親切で素朴な学生をダンスに誘った。その日、彼は酒を飲み過ぎていた。彼が彼女の手をとった時、おそらく強く握り過ぎたのだろう、芸芸《ユンユン》の息が荒くなっているのを感じ、彼女の顔がぽっと赤くなるのが見えた。彼はその時とても楽しかったので、こう思った。この小さな県の娘は何も知らない。たかがダンスではないか。そこで、いたずらをして、彼女をさらに強く抱きしめた。その時、彼は芸芸《ユンユン》が慌ててこう言うのを聞いた。

「ごめんなさい。わたし、わたしは結婚してるの……」

この言葉を後で、師範学校を出たばかりだった柳志《リウヂー》は長いことかみしめてみた。

たかが一度ダンスを踊っただけじゃないか？　彼女が結婚していると言ったって、それが何だっていうんだ？　彼女はダンスを踊っている時いったい何を考えていたんだ？　柳志《リウヂー》は考えた。彼女は彼に、自分は結婚しているのだから、もうあきらめてほしいということを暗示していたのだろうか。それとも自分は結婚しているから、彼を愛するわけにゆかず、申し訳ないと思っていたのだろうか。

女はとても敏感だった。が、彼は踊っている間、何も考えていなかった。

後で、柳志《リウヂー》は再び彼女とダンスを踊った。その時には、芸芸《ユンユン》は自分から彼の手を強く握ってきた。まるでさっきのお返しをするかのように、それとも何かの合図であるかのように。この時になって、柳志《リウヂー》ははじめてまともにこの素朴でおとなしい女子工員を見た。彼女には何と二つの可愛らしいえくぼがあった。だが、彼女はどうしても結婚しているようには見えなかった。

この年、学校が夏休みになって、独り者だった柳志《リウヂー》には行くところもなく、ずっと人気のない学校の中で暮らしていた。ある日、することもなく校門のあたりをぶらぶらしていると、芸芸《ユンユン》が門の前を通り過ぎるのが見えた。柳志《リウヂー》は声を掛けた。芸芸《ユンユン》は彼を見ると顔を赤くした。彼女は実家に帰るところだと言った。柳志《リウヂー》は、彼女の顔が赤くなると一対の小さなえくぼが特に魅力的だと思った。それで、部屋で冷たい水でも飲んでいかないかと彼女を誘った。芸芸《ユンユン》は彼の部屋までついていった。男女二人が鳥かごのような小さい部屋に閉じこめられ、そのうえ薄い服を着ている季節だった。青春の息吹はどうにも押しとどめられず、あらん限りの勢いでほとばしり出たのだった。柳志《リウヂー》も、二人がどうやって彼の小さなベッドに倒れていったのかを覚えていないくらいだった。

その後また何度か、いつも彼の小さな部屋の中でだった。芸芸《ユンユン》はここを通る時には決まって、実家へ帰るところだと言った。柳志《リウヂー》もまた彼女が実家に帰るのにここを通る必要があるのかどうか調べたこともなかった。彼女は毎回柳志《リウヂー》に言った。

「わたしは結婚しているのよ。あなたは後悔しなくて？」

この善良な女性は、ずっと柳志《リウヂー》が損をしていると思っていたのだ。

柳志《リウヂー》の生活の中に本当のガールフレンドがあらわれてからは、芸芸《ユンユン》のことはすぐに彼の生活の中から消え去ってしまい、二度と顔を合わせることもなかった。この県城は小さかったが、また大きくもあったのだ。

芸芸《ユンユン》たちの工場が倒産したことを、彼は聞いていた。芸芸《ユンユン》たちがよそへ出て生活しなければならなくなったのも、当然の成り行きだったろう。柳志《リウヂー》がちょっとびっくりしたのは、あのまじめで少し田舎臭かった芸芸《ユンユン》が、どうしてこんなふうに変わってしまったのかということだった。通りで露店をやるとかレストランで給仕をしたりするとかいうのが、彼女の過去に似合っているようなのに。人というものは、誰がどのように変わってしまうか、誰にもわからないものだ。

柳志《リウヂー》は芸芸《ユンユン》のポケベルの番号をすっかり忘れてしまっていた。しかし芸芸《ユンユン》の方は、彼に会いに来ることを忘れたわけではなかった。彼らの会社の看板は、通りでも特に目立っていた。

数日後、芸芸《ユンユン》が柳志《リウヂー》の事務所にやってきた時、社長はちょうど留守だった。柳志《リウヂー》は慌てて外へ出て彼女に言った。

「会社にたずねて来ないでくれよ」

「どうして？」

「どうしてというわけじゃないが」

「あ、わたしがあなたを食べちゃうと思ってるのね。そうでしょう？」

「もちろんわけがあるんだ」

「それならいいわ。あなたは結婚したことがない人みたいね。まだ女をこわがっているの？」

「ばかなことをいうな！」

「それならいいわ、来ないわよ。あなたがわたしをポケベルで呼んでくれればいいのに、どうして呼んでくれないの？」

柳志《リウヂー》は番号を忘れたとは言わずに、

「きみは大忙しだろう。たいした用事もなかったから、呼び出さなかったのさ」

「何だっていいじゃないの。無駄なおしゃべりするだけだっていいんだから。家にいれば父母に頼る、外へ出たら友人に頼る。同郷の人がいっしょにいれば、たがいに面倒を見る。それがいいでしょう」

「何年かの間に、きみがこんなに進歩したとは思わなかったよ」

「ほかにどんな方法があるというの？　生きていくためには、何とかやっていかなくちゃ、お湯しか飲めなくなっちゃう……どう？　あなたの方は」

柳志《リウヂー》は言った。

「まあ何とかね」

「何とかやっていけてるのならいいわ。わたしの助けが必要な時には、いつでも呼んでね。遠慮はいらないわよ。わたしがあなたに迷惑をかけると思ってるのね」

「迷惑」と聞いて、柳志《リウヂー》は余《ユー》先生の言いつけを思い出し、ちょっと辛い気持ちになったが、慌てて一時しのぎを言った。

「何かあったら連絡するよ」

芸芸《ユンユン》は言った。

「この間はお互いに忙しかったけれど、今日はわたしのおごりで、あなたの歓迎会をするわよ」

柳志《リウヂー》は慌てて言った。

「だめだめ。今日は大変なんだ。抜けられない。またにしよう。それにやっぱりぼくがおごるよ」

柳志《リウヂー》には彼女とつき合おうなどという気持ちはまったくなかった。

「いいわ。時間がないなら、無理にとは言わないわ。でもわたしがごちそうできないなんて思わないでね」

柳志《リウヂー》は慌てて言った。

「そうは思わないさ」

そう言うと彼らは早々に別れた。

柳志《リウヂー》は思った。ぼくがどうして彼女におごってもらえよう。彼女はおそらく本当に金を持っている。でも、もしそれが「お客」の金だとしたら、何て汚らわしいんだ。

食べてしまったら、お腹をこわすか腸がただれるかしなければおかしい。

何日かすると、芸芸《ユンユン》から電話が掛かってきた。柳志《リウヂー》はびっくりしてたずねた。

「どうしてここの電話がわかったんだ?」

芸芸《ユンユン》は笑って言った。

「そんなの簡単よ。探しにくかったら、あなたの会社はどうやって商売をするのよ? あなたが連絡してくれなくても、わたしは怒っていないのに、こっちから電話をすると、あなたは怒るのね」

柳志《リウヂー》はしかし男としての度量を失わないように答えた。

「誰が怒っているって? ぼくの電話番号をきみに教えなかったのに、きみが探し出したのが思いがけなかっただけだよ」

芸芸《ユンユン》は柳志《リウヂー》とコーヒーを飲みに行く約束をしようとした。

しかし、柳志《リウヂー》は今度もまた断った。言い訳ならもちろんたくさんあった。芸芸《ユンユン》が電話の向こうでかすかにため息をつくのが聞こえた。柳志《リウヂー》は、彼女がここにたずねて来さえしなければ、そんなことどうだって構わないと思った。

しかし、芸芸《ユンユン》はどんな失敗にもめげなかった。柳志《リウヂー》と約束できるまでやめないいつものようだった。何日かして、彼女はまた電話を掛けてきた。どうしても柳志《リウヂー》の仕事が終わってから、一杯飲みに行こうと言うのだった。彼はもうこれ以上断るわけにもゆかず、こう考えた。彼女と会って一度相手をしてやることは、避けられないだろう。何といっても昔つき合っていたのだから。たとえ相手が「鶏《チー》」に身を落としていたとしても、それは生活に追われてのことだったわけだし、一杯くらい相手になってやっても、別に男の値打ちが下がるわけでもあるまい。

芸芸《ユンユン》はけばけばしい化粧をし、町で一番有名なコーヒー店で待っていた。彼女は特別席をたのまず、人が行ったり来たりする広いホールに席を取っていた。宝石で飾り立てた芸芸《ユンユン》が人々の視線を集めていたために、柳志《リウヂー》はたまらなく、ぎこちなくなっていた。このたくさんの人の目からは、彼は百パーセント彼女の「お客」に見えているのだろうと想像した——幸い彼はここに来たばかりであり、この町には知り合いが幾人もいなかった。そう思うなら、勝手にそう思え！　しかし、芸芸《ユンユン》はまったく意に介さず、落ち着きはらって彼に座るように言い、指をはじいてウエイトレスを呼び、食べ物を注文した。

柳志《リウヂー》の心にわだかまりがあったためか、あるいは知識などの面に距《へだ》たりがあったためか、それともまた、あまりに長く離ればなれであったためか、二人の話題はなかなかかみ合わず、話もはずんでいかなかった。いっしょに話せたのは、ただあの夜学校の一段ばかりだった。彼女が何の仕事をしているのか、柳志《リウヂー》はもちろん軽々しくたずねなかった。その微妙な話題に触れるのがこわかったのだ。彼がたずねなかったから、芸芸《ユンユン》も一言も言わなかった。

大半の時間、彼らは白いドレスを着た女の子が弾くピアノを聴いていた。このおしゃれな場所で、飲むのはコーヒーであり、食べるのはケーキであり、この町で自らしゃれていると思っている男女が聴きたがるのは、西洋の音楽だった。柳志《リウヂー》は書画を学んだから、ベートーベンの類についてはよく知らなかった。せいぜいがずっと座っていられる聴衆の一人に過ぎなかった。音楽はロマンチックな曲が多く、芸芸《ユンユン》はそれに合わせて洋酒を飲み、最後に店を出る時には、ふらふらになっていた。彼女は高そうなハンドバッグを開けて、ウエイトレスを呼んで勘定をした。しかし、柳志《リウヂー》が一足先に伝票を奪い取って払ってしまった。芸芸《ユンユン》もそれを無理に止めようとはしなかった。彼女の目に、模範的な騎士をほれぼれ見るような称賛の光が輝いた。しかし、彼女は言った。

「今度はきっとわたしに払わせてね」

帰ってから柳志《リウヂー》が思い出すことのできた彼女の話はといえば、彼女が離婚したこと、息子に会いたいが、夫は彼女の血を分けた息子に会うのを許さないこと……ぐらいだった。彼女の酔ってからの素顔を見て、とても気の毒だと柳志《リウヂー》は思った。人は酔った時にだけ、内心の鬱積を吐露することができる。

芸芸《ユンユン》は柳志《リウヂー》に送ってくれと言わなかった。

離婚した彼女がこの町で伴侶がいないのを見て、柳志《リウヂー》はますます余《ユー》先生の判断を信じた。どうして彼女を送っていこうなどと言い出すことができよう。

柳志《リウヂー》は家に帰ってから長いこと眠れなかった。このちょっとした一度の食事で、彼の半月分の給料が吹っ飛んでしまったわけだが、彼が勘定をしなかったら、男としての体面を大いに失してしまっただろう。彼はしきりに後悔した。でもこれが最初で最後ではないか、もうこんな不運な目にあうこともあるまい！　唯一の慰めは、彼が汚れた金で買ったものを食べなかったことだ。

芸芸《ユンユン》からお返しの招きを受けないうちに、柳志《リウヂー》は中天装飾設計事務所をやめてしまった。芸芸《ユンユン》がまたたずねてきたとしても、もちろん彼に会えなかったわけだ。彼は先生のもとで四カ月仕事をしただけで、くびになってしまった。あるいは自分からくびになるようなまねをしたといえるかもしれない。理由はきわめて簡単。彼が注文を取って企画した、何十万元もの広告の仕事を完成させたのに、彼はわずか数百元の給料を手にしただけで、歩合制のはずのボーナスをいつになってもよこそうとしなかったからだ。彼は先生との間でひと悶着起こし、それきり仕事に出なくなってしまったのだった。

間借りしている郊外の野菜農家の一室で、彼は考えてみた。自分は少しばかりの金のために先生と反目すべきだったのだろうか？　が、今時、金のためでなくて何のためだ？　何から何までみんな経済の制約を受けているではないか。

柳志《リウヂー》は「東に暗黒あれば西に光明あり」という毛沢東の偉大な哲理を信奉していたから、自信満々で再度仕事を探しに出かけた。しかし、何度か不愉快な思いをさせられただけで、ついに何一つ得るところはなかった。少しばかり字が書け、少しばかり絵が描けるだけの人間など、実のところ、どこからも必要とされていないのだった。

結局、柳志《リウヂー》は若かったのだろう、挫折に耐えることができず、何度か壁にぶつかった後、悲観し絶望し、家に閉じこもってやけ酒を飲むようになった。いつも一人で酔っぱらっては、半日も一日も起きてこなかった。間もなく、容貌も下卑てきて、ぼんやりした表情になってきた。

ある日、家で柳志《リウヂー》が泥酔して眠り込んでいると、誰かに起こされた。目の前には芸《ユン》芸《ユン》と同じように宝石で飾り立てた女が立っていた。濃い香水の香りが肺の中まで入り込んできて、お腹の中じゅうの汚れが引っかき回されたようで、ただひたすら吐きたかった。柳志《リウヂー》は目を開けて見た。芸芸《ユンユン》かとも思ったが、よく見ると、ちがっていた。

その女は手に一枚の写真を持って、鳥が鳴くような声を出した。

「あんたが柳志《リウヂー》ね？」

彼が答えないうちに、独り言のように言った。

「そうだ。あんたがそうなんだわ。どうしてこんなひどいところに住んでるの？　捜すのにずいぶん苦労したんだから。どうしてこんなに酔っぱらってるの？　お酒なんてあんな牛の小便みたいなもの、もういいかげんにしたら？　もちろんあんたがどれだけ飲もうが、あたしにはどうでもいいことだけど」

言いながら、女は窓を押し開けた。この性格のきつい、おしゃべりな見知らぬ女のために柳志《リウヂー》は大いに不愉快だった。彼女にはどんな教養もどんな教育もないにちがいなかった。その彼女が何と彼の写真を持っている。いったいいつの間に自分の写真を他人の手に落とすことになったのだろう？　柳志《リウヂー》は自分がまったくぼけていると思った。柳志《リウヂー》はぐったりした身体を何とか支えて、その化粧の濃い女にたずねた。

「ぼくにはあんたが誰だかわからないが」

彼女は言った。

「あたしだってあんたのことなんか知らないわよ」

「なぜぼくの写真を持ってるんだ？」

「芸姐《ユン》さんが、あたしにあんたを捜させたのよ」

「芸姐《ユン》さんだって？」

「忘れたの？　あんたの愛人じゃない」

柳志《リウヂー》はこの言葉を聞いて、頭にきた。顔色を変えて言った。

「言葉には気をつけてくれ」

女は笑って、

「いいのよいいのよ、あたしが言い間違えたんだわ。あたし、ばか正直な言い方しかできないの。悪かったわね……」

「おれを捜してどうしようってんだ」

柳志《リウヂー》はまだ不愉快だった。

「人から頼まれてあんたを捜しに来たの。芸姐《ユン》さんは何人かの妹分を派遣してあんたを捜させてるのよ」

「彼女がおれを捜してどうしようってんだ」

「それは……それはあなたたちの秘密だわね。あたしは知らないわ。あたしはただ一生懸命やるだけ。歩き疲れてまったく足が棒よ。芸姐《ユン》さんはあんたがもう『中天』にいないって聞いて、あちこちあんたを捜してるのよ。あの人はあんたを助けたいの。なのにあんた、あの人に言わないんだから……」

「彼女におれが助けられるのか？」

「あんた、あの人を甘く見ない方がいいわよ」

「彼女はそんなに金持ちなのか？」

「それは個人の秘密ね。わたしもあの人が金持ちかどうかは言えないわ。でも少なくともあんたたちのあの『中天』のごろつきよりはずっとお金を持ってるわ」

「余《ユー》先生がごろつきだって？」

「あーあ、あたしが何か言うと、すぐに秘密をばらしちゃうんだから」

彼女は手で口をおおって言った。

「いいわ。まじめな話をしましょう。芸姐《ユン》さんはあんたに会いたがってるの。ほんとよ。あの人はとっても焦ってるの。あんたがこの町で、まったく知り合いもいないからって……」

「あんたは彼女といっしょにやってるのか？」

彼は女の話をさえぎって言った。

「いっしょにやってるとも言えるわね。こうしましょう。あたし、もうよけいなことは言わないわ。下でタクシーを待たせてるの。芸姐《ユン》さんは、もしあんたの手元にお金がないなら、遠慮なく言ってほしいって言うのよ」

そう言うと、女はバッグを開けて、一摑《つか》みの高額紙幣を取り出した。

「姐さんはあんたが自尊心の強い男の人だって言ってたわ。姐さんはあたしに意見を聞いてこいって言うのよ。あたしだって、どうやって聞いたらいいかわからないわ。このお金、あんた受け取ってくれる……」

柳志《リウヂー》はすぐに色をなして言った。

「おれは金なんかいらない」

その女は太く黒く描いた、ひどく俗っぽい眉をあげて、

「あんた、こんな様子でお金がいらないの？　冗談でしょ？　あんた、きっと家賃だって払えないんでしょう」

「おまえには関係ない。おれは金なんかなくたって、きちんと暮らしてるんだ。おれは人の汚れた金なんかいらないんだ」

柳志《リウヂー》は女が彼の弱みをついてきたことにすっかり腹を立て、何気なしにとげのある言葉を口にしてしまった。女は言った。

「いま何て言ったの？　このお金が汚いですって？　言っとくけど、このお金は芸姐《ユン》さんのなのよ。あんたはあんたの友達を、汚いって言うのね。そのあんたはいったい何様なの？」

そう言うと、女は金をひっつかみ、大きな音をたててチャックを閉めると、ぷんぷんして飛び出していってしまった。

柳志《リウヂー》はしばらく呆然としていた。女がこれほど怒るとは思わなかったから、びっくりして全身から汗が噴き出し、酒もほとんど醒めてしまった。頭をたたいて思い出そうとしてみたが、いったい自分が何を言ってこの若い女を怒らせてしまったのか、わからなかった。

起き上がって食べる物を捜し、濃いお茶を一杯飲むと、頭もだいぶすっきりしてきた。それからまたあの女を怒らせたことを思い出してみたが、ついによくわからず、考えるのをやめてしまった。何もなかったような気もした。見たところ、女はまず間違いなく「鶏《チー》」の商売をしているにちがいない。怒るなら怒ればいい。

午後、うす暗くなりかけた頃、芸芸《ユンユン》がカンカンに怒って柳志《リウヂー》の部屋のドアを押し開け、暗い部屋の中に母虎のように立っていた。どう考えても、これがあのかつてまじめでおとなしかった女子工員の芸芸《ユンユン》とは思えなかった。が、たしかに彼女なのだった。

柳志《リウヂー》がどうしたらよいかわからずにいると、芸芸《ユンユン》が口を切って、たずねた。

「あんた、わたしのお金が汚いって言ってくれたそうじゃないの」

柳志《リウヂー》は口ごもりながら言った。

「おまえどうして……どうしてこんなにきつくなったんだ？」

「あんた男なら、自分で言ったことに責任を持ちなさいよ」

柳志《リウヂー》はいささか慌てて、

「それは……」

芸芸《ユンユン》が言った。

「あんた、言ったんでしょ。わたしも言ったんだと思うわ」

有無を言わせず、彼女は手を伸ばして柳志《リウヂー》に一発ビンタをお見舞いした。彼女は声をふるわせて言った。

「あんたを見そこなってたわ」

柳志《リウヂー》がまだ呆然としているうちに、芸芸《ユンユン》は一陣の風のように出ていってしまった。

彼が窓のところに飛んでいって外を見ると、何という車種のだか知らないが一台の紺色の高級車が走り去っていった。

柳志《リウヂー》はまだ熱を持っている顔を撫でながら、つぶやいた。

「何でおれがこんな目にあわなきゃいけないんだ？」

訳者あとがき

彭見明（ポン・チエンミン）氏は、一九五三年、湖南省平江県《へいこう》の農村の生まれであるという。

湖南省の農村と聞いて、今から十年ほど前、民間歌謡、民間芸能の調査で、湖南省の西どなり、貴州省東部の農村を駆けまわっていた時のことを思い出した。

文化大革命が終結し、農村に改革開放の風が吹き始めるとともに、中国の農村、とりわけ雲南、貴州、湖南、江西などの地の農村に、仮面を用いて行われる、日本でいえばちょうどお神楽に相当する歌舞演劇があることが紹介されるようになった。「儺戯《ヌオシー》」と総称されるこれら古朴な演劇は、中国における演劇の起源の問題を考える上で貴重な資料であるとともに、日本の芸能の源流を知る上でも重要な資料である。

それでこの「儺戯」の行われる貴州の農村に出かけたのである。十年前のその当時でも、それはたいへんな道のりであった。日本から上海へ飛行機で飛び、さらに貴州省の省都である貴陽《きよう》まで。上海－貴陽の飛行時間は東京－上海より長かった。貴陽に着いてから、湖南省との省境に近いその村までの三百キロほどの道は、車をチャーターして動くしかない。それも一日でたどり着けず、途中で一泊する必要がある。

その村の属する県の中心の町から、芸能の行われる村までがまた、車が一台通るのがやっといった断崖絶壁の道や、日光のいろは坂もかくやと思われるような急カーブ連続の坂道を通って、山また山を越えなければたどりつけない。

かくしてようやく到着したその村は、斜面にへばりつくように十戸にも満たない家が寄り集まる小さな山の村であった。電気、ガス、水道などもちろんない。平らな土地はほとんどなく、山の斜面を切り開いて段々畑が作られている。聞こえる音といえば、牛の鳴き声、鶏や犬の鳴き声ぐらい。陶淵明の「桃花源記」に見える桃花源境をほうふつとさせるような山の中の村であった（ちなみに桃花源郷は湖南省にある）。

それだけの山奥だったからこそ、古い芸能が残ったともいえるだろう。芸能といっても、それは村の人々が邪気を払うための宗教的な儀礼であって、それがまた山の中の人々にとっての娯楽にもなっていたのである。幾日にもわたり、夜通し行われる儀礼が一段落着き、薄暗いランプの明かりの建物から外に出た時の驚きは忘れられない。

満天の星、星、星……空に天の川なるものがあることは知っていても、それをめったにこの目で見ることはできない。それがこの電気もなく、空気の汚染もない世界では、手に取るようにはっきり見えるのだ。わずかの間に、流れ星が幾つも幾つも空にあらわれては消えてゆく。吸い込まれそうというのはこんな感じだったろう。

本書の表題作「山の郵便配達」は、車も行き通わない山奥の村々を、重い郵袋《ゆうたい》をかついで回る郵便配達員の物語であるが、その彼らがめぐったのが、こんな場所だったのである。

湖南省は中国のほぼ中央部に位置し、北の湖北省との境に長江が流れている。長江の南側には、中国第二番目の大湖、洞庭湖《どうていこ》が広がっている。そもそも湖南・湖北とは洞庭湖の南と北の意味である。美しい自然を背景に、湖で漁師としての仕事に従う二人の女性を描いた作品「沢国《たくこく》」（一九九四年）は、この洞庭湖が舞台である。

北京と広州とを結ぶ幹線鉄道、京広線《けいこうせん》が、洞庭湖の東側を岳陽、長沙（長沙が湖南省の省都）、衡陽といった大都市をつなぎながら、湖南省を南北に貫いて走っている。南へ向かう列車が郴州《しんしゅう》の町を出てしばらくすると、そこはもう広東省である。

本書に収めた「南を避ける」（一九九六年）は、舞台となっている湖南省の農村の若者たちが我も我もと広州へ行ってしまう話である。「愛情」（一九九七年）でも、鉄道の機関区に勤める主人公坤正《クンジョン》の独身寮での同居人が、やはり広東へ出稼ぎに行っているとあった。繁栄する南の大都市広州が、この地方の若者の心を特にひきつけるのも、このように近接した地理的条件によるものである。「南を避ける」の老田《ラオティエン》の娘も、恋人の運転するトラックに乗って広州へ行ってしまった。訳者も広州を訪れたことがあるが、たまたま泊まっていたホテルのバーで仕事をしていた男女の若者たちと話し込んでいたら、彼らがみな湖南から来たと言っていたことを思い出す。

彭氏は一九七〇年に高校を卒業後、十五年ほど平江県の花鼓戯《ホワグーシー》劇団や文化館などで、俳優として、舞台の電気技師やデザイナーとして、あるいは文芸指導者として、さまざまな仕事をし、一九八六年に岳陽市の戯劇工作室に移り、群衆芸術館、市の文聯（文学芸術界聯合会）などを経て、一九九六年から湖南省作家協会に勤めるようになり、現在その副主席をつとめておられる。

この間、一九八〇年から創作活動を開始し、本書の表題作「山の郵便配達」（原題は「那山　那人　那狗（あの山　あの人　あの犬）」）によって、一九八三年全国優秀短篇小説賞を受賞し、この作品によって荘重文文学賞をもあわせて受賞している。荘重文文学賞は、中国作家協会、中華文学基金会の主催する全国的な文学賞である。

訳者の家の書棚には、偶然なことに『一九八三年全国優秀短篇小説賞受賞作品集』（作家出版社　一九八四年）があった。今取り出してみると、そこにはまぎれもなく彭見明氏の「那山　那人　那狗」が収められていた（最初に発表されたのが、『萌芽』一九八三年第五期）。この短篇集には全部で二十九篇の短篇小説が収められているが、中には史鉄生「わが遙かなる清平湾」をはじめとして、張賢亮、王蒙、汪曾祺などのビッグネームとその作品が並んでいる。

この短篇小説集には、訳者の持っている作家出版社版以外にも、『一九八三年全国短篇小説佳作集』（上海文芸出版社　一九八四年）『一九八三年短篇小説選』（人民文学出版社　一九八四年）などがある。ほぼ同じ内容のものがこれだけの出版社から出されていることを見ても、この全国優秀短篇小説賞の受賞作が、高い評価を受け、大きな評判になったことがうかがわれよう。

彭見明氏には、本書に収めた短篇小説のほかにも、長篇小説『将軍とその家族』『家長』（いずれも上海文芸出版社刊）をはじめとする数多くの長・短篇小説、エッセイなどがある。

本書に収めた作品の翻訳の底本には『当代湖南作家作品選　彭見明巻』（湖南文芸出版社　一九九七年）を用いた。

表題作「山の郵便配達」は、十六年後の一九九九年に霍建起《フォジエンチイ》監督によって映画化され、この映画が同年の中国アカデミー賞最優秀作品賞に輝いている。映画のロケ地になっているのが、湖南省西南部の綏寧《すいねい》県、通道《つうどう》県である。

雲南省、貴州省から湖南省の西部にかけての一帯は、苗《ミャオ》族、侗《トン》族をはじめとする少数民族が多く居住する地域である。日本の『万葉集』などに見える歌垣《うたがき》の風習が今でもこの地域には残っているし、食文化の上でもお互い通じるものがあったりして、この地域の少数民族の風俗習慣には、日本人のそれと共通したものが多く見られるとされている。映画『山の郵便配達』を見ていて、その村の風景に懐かしさを覚えるのは、どこかそうした深

け加えておこう。

湖南省西部の農村を舞台にした小説には、沈従文の『辺城』ほかの作品があることも付

層心理的な民俗文化の共通性があるからなのかもしれない。

一つ一つの手紙には、どんなことであれ、それを書いた人の思いが込められている。そしてまた、それを送り届ける仕事をしている人、一人一人にそれぞれの人生がある。とかく機械化、合理化が進み、スマートになってしまうと、その背後にいる人の姿が見えにくくなる。人が三日もかけて山の中を歩きながら郵便物を配達する「山の郵便配達」の物語は、「運ぶ」ことの原点を思い起こさせてくれる。

訳者は最近、民国二十五（一九三六）年に出された『中華民国郵政輿図』という大きな地図集を手に入れた。これはこの時点での、中国各省の郵便局及び郵便路線を記した地図である。航空路線にはじまり、さまざまな段階の路線がある。大都市と大都市の間なら毎日郵便物の輸送が行われるが、少し辺鄙《へんぴ》なところになると、「隔日郵路」「三日郵路」すなわち、二日に一度輸送が行われる路線、三日に一度輸送が行われる路線となる。

湖南省の図を見てみると、特にその西部のあたりは、ほとんどが空白である。映画のロケ地綏寧県には、当時、郵便局としては最もランクの低い「三等郵便局」、通道県には正規の郵便局ですらない「郵便代理処」しか置かれていなかったことがわかる。その間をつ

なぐのは、当然「三日郵路」である。「三日郵路」といっても、そこではどんなふうに郵便物を運んでいたのだろうか。

「南を避ける」（一九九六年）「振り返って見れば」（一九九七年）の二篇は、改革開放経済にゆれる最近の中国の世相を描き出した作品。今の中国で何が起こっており、そこに生きる人々が何を考え、どんな生活を送っているか、百の新聞報道を見るよりもよくわかるように感じられるのは、文学作品の力であり、彭氏の筆の力なのであろう。

「南を避ける」の中で、主人公の老田《ラオティエン》が、今や出世をとげたかつての同級生任子午《レンズーウー》についてカラオケバーに行く場面がある。その日、任子午が接待した四人の男は、「みな同じように背広を着、革靴をはいて」おり、老田が紹介されると、「どうぞよろしく」と言い、「日本人のように深々とおじぎをした」とあった。「どうぞよろしく」の原文である「多多関照《ドウオドウオグワンヂャオ》」は、日本人が挨拶として口にする言葉だと中国の人がしばしば思っている言葉であって、中国の人はあまりこの言い方をしない。この一見紳士たちが、やがて旗《チー》袍《パオ》に身を包んだ娘たちにしなだれかかり、太股をさわり……などし出すわけだから、「日本人」としては笑ってばかりもいられない。

革命の時代の運命に翻弄される山の村の寺小屋教師の思い出をつづった「過ぎし日は語らず」（一九九七年）も味わい深い一篇である。

彭氏の小説の面白さは、とにもかくにもその語りのうまさにあるだろう（花鼓戯から学ばれたのだろうか)。話の面白さにつり込まれてあっという間に読んでしまい、予想外の展開、どんでん返しなども、ごく自然なこととして納得できる。作中に登場する人物たちも、実に生き生きしている。心臓病の娘との結婚を描いた「愛情」は、『菊花茶』と題して映画化されたというが、ストーリーの面白さ、展開の意外さから言って、なるほどとうなずける。

振り返って見れば、中国文学といっても平素は古典文学の世界に身を置いている訳者が、この現代小説を翻訳することになったのも、さまざまな因縁の糸にたぐり寄せられてのことにちがいない。彭見明作品との出会いをアレンジしてくださったのが、綜合社の斎藤厚子さん、そして美しい装画を描いてくださったのが、はらだたけひでさんである。心から感謝したい。

二〇〇一年一月　　　大木　康

文庫版あとがき

『山の郵便配達』が文庫化され、また新たな読者とのめぐり会いの機会を得ることができた。まことに翻訳者冥利につきる。

そもそも『山の郵便配達』の単行本が出たのは、二〇〇一年に岩波ホールで公開された同題の映画とのタイアップのためであった。中国現代作家の中でも、日本で必ずしも著名なわけでもないこの作家の作品を翻訳することになったのは、ひとえに映画の原作であったからである。

いざ公開されてみると、この映画はたいへんな評判を呼び、ロングランを記録した。映画の驥尾《きび》に付して、拙い翻訳もずいぶん多くの方々の目にとめていただいたようだ。新聞、雑誌やテレビの書評で取り上げられ、果ては表題作が複数の高校教科書の教材として収録されたりもした。「山の郵便配達」ばかりではなく、単行本に収録した「愛情」の一篇が、NHKのFM「音楽物語」で朗読され、放送された。

さらには作者の彭見明氏ご自身が来日される機会が生まれ、東京でお目にかかることもできた（それについては拙文「ゆっくり歩め——彭見明氏会見記」『すばる』二〇〇五年三月号）。

映画、小説を含め、「山の郵便配達」がそれだけ話題になったのは、すでに多くの評論が指摘しているように、この作品が「父と子」の交流をテーマにしているからであろう。家庭における父親の存在が希薄になったといわれてはや久しい。一昔前まで、子どもは父親の仕事をする姿を見て大きくなった。現在、日本の多くの家庭では、父親は朝早く会社に出勤し、夜遅く帰ってくる。家族の生活を支える給料が運ばれてくることで、たしかに父親が仕事をしているらしいことはわかるにしても、実際のところ、父親が会社でどのようなことをしているのか、家のものは誰も知らない。もちろん父親の不在がもたらすさまざまな問題にみんな気がついている。しかし、どうにも手の打ちようがない。会社を辞めてしまったら、家族が路頭に迷ってしまうからだ。

「山の郵便配達」は、中国の、しかも辺鄙な山の中を舞台にした小説であるが、たまたま父親が山の村々を回って郵便を配達する仕事をしていて、息子は父親の働く姿を見たことがない。その息子が、年老いた父親に替わって山の郵便配達の仕事を引き継ぐことになった。父親は長年の経験を次代に伝えるため、息子といっしょに最後の旅に出る。息子にすれば、それは仕事の引き継ぎという事務的な目的を超え、父の人生、父の生きざまを発見する旅でもあった。父は長年、これだけたいへんな仕事を、決して手を抜くことなくこつこつと続けていた。誇りに思える父親の姿を見たことは、その後の息子の人生にとって、大きな心の支えになったにちがいない。

この作品のさらなる深みは、息子にとっての父親の発見ばかりではなく、父親にとっての息子の発見をも描いている点にある。退職した後の父親は、郷里の村に帰って、それまで母親を助けて息子がやってきた農業の仕事を引き継ぐことになる。三日間にわたる山の郵便配達から戻った翌日、休みの日、今度は息子が、父親に村での生活のさまざまなことを教える。父親は、自分が留守をしていた間に、息子が苦労を重ね、それだけ成長したことをあらためて認識する。最後の旅は、父親が息子を知る旅でもあったのである。

この一度きりの親子での旅の後、息子は一人で山を回って郵便配達をするわけだし、父親も息子と別れ、村に帰ってゆく。しょせんは一度だけの交流にすぎない。しかし、それが親子。一度きりであるにもかかわらず、父と子はこの機会を通して、深いきずなで結ばれることができた。その心の結びつきが、多くの人の心を動かしたのだろう。「父と子」のあり方は、現代の日本において顕著な問題となっている。しかし、人間の世界、どこへいっても父があり、母があり、息子、娘がある以上、これはまた人類普遍のテーマでもある。「山の郵便配達」は、これからも読みつがれてゆく作品であると信じている。

文庫化にあたって、単行本の翻訳に手を入れ、誤りを正した。「山の郵便配達」については、中川正之・木村英樹・沈国威・小野秀樹編注『現代秀作シリーズ　那山・那人・那狗』(白帝社)、『中国語で聴く　山の郵便配達』(日中通信社)などを参考にした。記して感謝したい。

単行本の時に続いて今回も、はらだたけひでさんから挿画をいただくことができた。単行本が好評を博した理由のかなりの部分は、はらださんの表紙のおかげではないかと思っている。かさねて御礼申し上げたい。

文庫化にあたり、単行本の時と同じく綜合社の、齋藤厚子さん、永田仁志さん、出渕絵里子さんのお世話になった。どうもありがとうございました。

二〇〇七年四月

大木　康

大木　康（おおき　やすし）
1959年生まれ。東京大学東洋文化研究所教授。
東京大学文学部卒業、同大学大学院博士課程修了。
著書
『明末のはぐれ知識人——馮夢龍と蘇州文化』
『不平の中国文学史』
『馮夢龍『山歌』の研究』
『中国遊里空間——明清秦淮妓女の世界』
『明末江南の出版文化』
『原文で楽しむ　明清文人の小品世界』など。

原題一覧
「山の郵便配達」（「那山　那人　那狗」）一九八三年
「沢国」（「泽国」）一九九四年
「南を避ける」（「躲避南方」）一九九六年
「過ぎし日は語らず」（「昨岁无言」）一九九七年
「愛情」（「爱情」）一九九七年
「振り返って見れば」（「回眸一望」）一九九七年

那山　那人　那狗，泽国，躲避南方，
昨岁无言，爱情，回眸一望
（湖南文艺出版社版「当代湖南作家作品选」）by　彭 見 明
Copyright © 彭見明, 1997
Japanese paperback rights arranged with the author
c/o Big Apple Tuttle-Mori Agency, China
through Tuttle-Mori Agency, Inc., Tokyo

集英社文庫

山《やま》の郵便配達《ゆうびんはいたつ》

2007年6月30日　第1刷
2017年6月21日　第3刷

定価はカバーに表示してあります。

著　者　彭《ポン》見《チエン》明《ミン》

訳　者　大木《おおき》　康《やすし》

編　集　株式会社　集英社クリエイティブ
東京都千代田区神田神保町2-23-1　〒101-0051
電話　03-3239-3811

発行者　村田登志江

発行所　株式会社　集英社
東京都千代田区一ツ橋2-5-10　〒101-8050
電話　【編集部】03-3230-6095
【読者係】03-3230-6080
【販売部】03-3230-6393（書店専用）

印　刷　図書印刷株式会社

製　本　図書印刷株式会社

フォーマットデザイン　アリヤマデザインストア　　マークデザイン　居山浩二

ISBN978-4-08-760531-0 C0197